転生先は盲目幼女でした1
～前世の記憶と魔法を頼りに生き延びます～

丹辺るん
Run Nibe

Regina

RB
レジーナ文庫

登場人物紹介
Main character
人の姿になったガル
フィリス
アシュターレ伯爵家の
令嬢で、盲目。
ある日突然、前世の記憶が
よみがえった。
多量の風属性の魔力を持っている。
ひょんなことからガルと
旅を始めることに。
ガル
人里離れた場所で暮らす、
大きな狼の聖獣。本当の名はリルガルム。
人化獣《ワービースト》という二足歩行の獣の姿や、
完全な人の姿に変身できる。

エリステラ
高級宿を経営する商家の娘。ナディの学生時代の友人で、よきライバル。
リード
アシュターレ伯爵家の嫡男。フィリスを目の敵にする。
イオリア
冒険者の休憩所で宿を営んでいる。ガルとは古い友人のようで……？
エリー
フィリスの専属メイド。いつもフィリスとナディに振り回されている。普段は優柔不断だが、強気な面を見せることも。
ナディ
アシュターレ伯爵の次子で、非常に優秀なフィリスの腹違いの姉。溺愛するフィリスのこととなると冷静さを失いがち。

目次

転生先は盲目幼女でした１

～前世の記憶と魔法を頼りに生き延びます～

第一章　盲目への転生

ぼんやりとした、夢を見た。
そこは、見たこともない不思議な場所だった。
色とりどりのキラキラした光が辺《あた》りを明るく照らし、賑《にぎ》やかな音が溢《あふ》れている。
見上げても先端が見えない摩天楼《まてんろう》が並び立ち、道行く人は数えきれない。
（……これは、私の記憶？）
初めて見たはずなのに、なぜかそう思った。この景色には見覚えがある。
どこで見たのか思い出そうとすると、頭にちくっ、と刺すような痛みが走った。
「っ……」
――次の瞬間、怒涛《どとう》のように情報……記憶が流れ込んでくる。
「うぐっ!?」
横になっていた私は、痛みのあまり飛び起きた。

夜中なのか、辺《あた》りは明かりひとつつない真っ暗闇。
とんでもない勢いで、記憶がよみがえってくる。頭が焼き切れそう……！
「う、ぁぁぁあああっ⁉」
ガンガンと強く殴《なぐ》られているような感覚に、私は悲鳴をあげて転げまわる。
すると、ふわりと浮くような感覚のあと、背中に強い衝撃があった。
「あぐ⁉」
どこかから落ちてしまったみたいだけど、そんなのどうでもいい。
というか、頭の痛みで気にしている余裕がない。
「ふ、ぐぅ……っ、はぁ……はぁ……」
しばらくのたうち回って、ようやく落ち着いてきた。
自分が自分でなくなったような、ひどく曖昧《あいまい》な感じがする。
徐々に、ところどころ欠けた記憶がよみがえってきた。
……そうだ。私は日本で暮らしていた。
そして三十歳の誕生日に事故に遭《あ》い、あえなく命を落としたらしい。
地味な最期《さいご》だった。前方不注意の自転車に轢《ひ》かれて死んだみたいだね、私。
どれだけ頑張っても、自分がなんて名前だったのかも、友人や家族の名前も思い出せないけど、それ以外は鮮明に思い出せる。

どうして今記憶がよみがえったのかは謎だけど、一回死んだはずなのにこうして考えているっていうことは、ファンタジー小説によく出てきた、転生っていうものを体験してるのかな？

というか、記憶がよみがえる前から、私はここで生活していたはずなんだけど……

（待って、名前……今の私の名前……！）

前世の記憶と今世の記憶が、ごちゃ混ぜになる。今の私は誰？

やばい、わかんなくなってる。

必死に頑張って、どうにか目当ての記憶にたどり着いた。

（……フィリス。そうだ、私はフィリス）

さっきまで転生後の自分として暮らしていたはずなのに、今までどんな風に過ごしてきたか、どんな性格だったのかはわからなくなってしまっている。

けど、今世の私の全てが前世に塗りつぶされてしまったわけではないみたいだった。

自分の名前や、覚えた知識なんかは、思い出せるみたい。

……さて、気を取り直して。

今の私は、フィリス・ニア・アシュターレ。

顔立ちは思い出せなくて不明だけど、エイス王国のアシュターレ伯爵家の五番目の子供で三女、つまり貴族。

そして、明日誕生日を迎えてようやく五歳という、幼女真っ盛り。当然、体が思うように動かない。

わかっている情報と前世の記憶を照らし合わせているうちに、私は驚くべきことに気付いた。

……もしかして、私が転生した先は、異世界……？

エイス王国なんて国名は、記憶にない。そうなってくると、ファンタジー小説が好きな普段の私だったら、この体験に胸を躍《おど》らせているところなんだけど……

私はとんでもないことに気が付いて、それどころではなくなってしまった。

（……真っ暗なんじゃなくて、私《フィリス》は盲目？）

てっきり、今は夜の遅い時間で、真っ暗なだけだと思っていたんだけど、そうではないらしい。

……なんとこの幼女、目が見えない。

生まれつき盲目で、現在に至るまで光というものを知らないっぽい。

頭を整理しているうちにその情報に行きあたって、私は妙に納得してしまった。

（どうりで……）

自分の顔も思い出せないなんておかしいと思ったら……わかるわけがない。だって、見たことないんだもの。

（どうしよう……）

今まで暮らしてきた感覚がまだ取り戻せないから、かなり戸惑《とまど》ってる。

しかも転げまわったせいか、自分が今どこにいるのかも全くわからない。

手探りで、さっきまでいたと思われるベッドを探すけど……触《ふ》れられるのは木製の壁っぽいものと、ふかふかのカーペットっぽいものだけ。

そもそも、ここは恐らくどこかの部屋の中なんだろうけど、間取りもわからないし。

こんな状態で、今までどうやって過ごしてきたんだろう、私《フィリス》。

（……ん？　誰か来る）

どうしようかと途方に暮れていると、コツコツ、と誰かが歩いてくる音がした。少しずつこっちに近づいてきてるね。

私、どうやら耳はいいみたい。視力がないぶん、聴力は優《すぐ》れているのかな。

「フィーちゃーん！　どうして大きな声を出していたの？　って、あら？」

（この声は……お姉さん？）

バンッ！　と、多分勢いよくドアを開けてやってきたのは、私《フィリス》のお姉さんらしい。

「どうしたの、そんな隅《すみ》っこで。怖い夢でも見たのかしら？」

私《フィリス》の記憶によると、お姉さんの名前は、ナディ・エル・アシュタール。十八歳で、アシュタール家の次子のはず。

名前も知らない長男はここじゃないところで暮らしていて、次男と次女は学園とかいうところに通っているらしいので、この家に残るただ一人のお姉さん。

私《フィリス》には、どういうわけか両親の記憶がない。

この家で私《フィリス》に構ってくれていたのは、この人だけ。

……らしいけど、ちょっとウザいって感情が湧いてくるような気がする。

（ウザいって……何したんだろう、この人）

なんて思っていると、ナディお姉さんは私を抱き上げて、ベッドだと思われるところに移動させてくれた。

そのまま、お姉さんがもっちもっちと私の頬を揉《も》む。

「あーん、不安そうな顔のフィーちゃんも可愛いぃ！　食べちゃいたいわ……なーんてね」

「う、にぁ……」

……なるほど、これは確かにちょっとウザい。捏《こ》ねられているうどん生地《きじ》になった気分。

「うふふ、ふふ……」

怪しげな笑い声と、荒い息遣いを感じる。

見えなくても、ナディお姉さんがだらしない表情を浮かべているのが想像できた。

「……はっ⁉　いけない、明日も早いんだったわ。おやすみなさい、フィーちゃん」

ひときしり私を撫でまわしたナディお姉さんは、私の額《ひたい》に軽くキスをして部屋を出ていった。

（今、夜だったんだ……）

常に真っ黒な視界のせいで、時間はよくわからないけど……今は夜らしい。

（寝よ……）

目を閉じているのか開けているのか、その辺の感覚も曖昧《あいまい》なんだけど、寝ることはできる。

私はひとまず横になって、改めて現在の状況を考えた。

いきなり転生……しかも盲目の幼女になんてなったら、もっと混乱しそうなものなのに、なぜか私はそこまで取り乱していない。

前世で生きていたときに自分で思っていたよりも、私は楽観的というか、結構強いメンタルの持ち主だったらしい。

せっかく転生したのに、転生先の世界を見ることができないのは残念。だけど、いつか見えるようになるかもしれない。そうしたら、思いっきり異世界を謳歌《おうか》したいな。

そんなことを考えながら、私は眠りについた。


翌朝。

……実際には、朝なのかどうかわからないんだけど、起きて意識がはっきりしてくる。

視界は相変わらず真っ暗で、どこに何があるのかもわからない。

「ふぁ……」

あくびをひとつして、自分の声を確かめるためにしゃべってみる。

(おはようございます)

「あ、あー……おぁよぅ、っあぃまぅ」

……むぅ、やっぱりだ。

昨日も薄々感じていたけど、私はしゃべるのがうまくない。

口があまり動かないというか、喉《のど》に何かつっかえているみたいな違和感があって、言いたいことが発音できない。

多分これは、今まであまり言葉を発してこなかったことの弊害なんだよね。

ナディお姉さん以外の家族が私《フィリス》に無関心なのか、私《フィリス》が遠慮がちな性格だったのか……

とにかく、家族と話している記憶があまりにも少ない。

まともに相手をしてくれていたのが、ナディお姉さんとお付きのメイドさんだけっていうね。

いくら記憶をたどっても、ナディお姉さん以外の兄弟の名前や声が思い出せない。

すると、タイミングを計っていたかのように、ナディお姉さんがドアを開けて入ってきた。

「フィーちゃーん！　おっはよー！」

（お姉さんのこと、なんて呼んでたかな……）

うーん、微妙に恥ずかしいけど、フィリスは「ねぇさま」と呼んでいたみたいだし、私も合わせておこう。

違う呼び方をして「お前誰だ！」ってなっても、前世の記憶がよみがえったことを説明するのは今の状態じゃ難しいし。違和感がないようにしておくのが無難なはず。

「ねぇ、ぁま。おぁよぅ……」

うわ、「ねぇさま、おはよう」すらまともに言えないとは思わなかった。滑舌《かつぜつ》が悪すぎる。

私が声を発した瞬間、ナディお姉さんが息を呑んだのがわかった。

「!!　フィ、フィーちゃんに初めて挨拶《あいさつ》されたぁ!?」

（あっ……）

しまった、今まで挨拶《あいさつ》したことなかったんだ。これは怪しまれたかな？

と思ったら、突然ナディお姉さんがガバリ！　と抱きついてきた。……見えないから確信が持てない。

「すごい！　嬉しい！　なんだか最近、拒絶されている気もしていたけれど……もうどうでもよくなっちゃう！　あーん、もう、フィーちゃん可愛いぃ！」

……ナディお姉さんって、実は結構なおバカさんなんじゃないかな？

ベタベタと抱きついて撫でまわしてくるのが、私《フィリス》に嫌がられてるって意識はあったみたいだけど。

さっきの私の挨拶《あいさつ》が、ナディお姉さんをよりひどい感じにしてしまったらしい。

「はぁ、フィーちゃんはお肌もちもちで羨《うらや》ましいわねぇ。私も若返らないかしら？」

（いやいや、ナディお姉さん、まだ十八歳でしょうに……）

五歳の幼女のお肌を羨《うらや》ましがるのもどうかと思うけど、十八歳ってまだまだお肌ピチピチじゃないの？

実際、私のほっぺたに触《ふ》れているナディお姉さんの手は、すべすべで気持ちいいし。

私の顔が変形するんじゃないかってくらい撫でまわしていたナディお姉さんは、しばらくすると「あっ」と声を漏らした。

「そうだわ。フィーちゃん、お誕生日おめでとう！」

そっか、今日は私の誕生日なんだ。

「あぃあとぉ」

ありがとう、って言ったつもりなんだけど、やっぱりまともに話せないなぁ。

それでも、言いたいことは伝わったらしく、ナディお姉さんが声にならない悲鳴をあげて、ぎゅうっと私を抱きしめた。

「～～～っ!!」

……嬉しいんだけど苦しい。ナディお姉さんの胸に、顔がすっぽりと埋まってしまっていて息ができない。

まさか、このまま絞《し》め殺《ころ》されるのでは……とか考えていたけど、すぐに解放された。

……かと思えば、ナディお姉さんが今度は深いため息をつく。

「フィーちゃんは今日で五歳だから、本当ならお披露目会《ひろめかい》をしないといけないのだけれど……」

（お披露日会《ひろめかい》？）

「お父様が、フィーちゃんは社交デビューさせないって言ってるのよね。残念だわ……」

本気で残念そうな、ナディお姉さんの声。

お父様というと……この家の当主、ゲランテ・ツィード・アシュタールのことだよね？

当然、私の父親でもあるんだけど、どんな人かはさっぱりわからない。

（声すら思い出せないなんて……よっぽど話してないんだ）

同じ家に住んでいるはずなのに、父親も母親もどこにいるんだろうってくらい記憶がない。

三歳になったときにはもう、私を世話してくれるのはナディお姉さんだけになっていたみたい。

そんな私の複雑な気持ちなど知らずに、ナディお姉さんはハイテンションで話し続けている。

「でも、フィーちゃんがパーティーに出たら、大変な騒ぎになってしまうわね！　可愛すぎて！」

（姉バカ……）

私って、実は美人とか？　いや、ナディお姉さんが暴走してるだけだよね、きっと。

それから、ナディお姉さんの話を聞き流すことしばらく。

ナディお姉さんによると、私が社交デビューしないからといって、大きな問題があるわけではないらしい。

そもそも私は、お披露目会《ひろめかい》がどんなものなのか知らない。ナディお姉さんの話では、たくさんの人を招いたパーティーがあるみたいだけど。

私を公《おおやけ》の存在にしたくないらしい父親の考えていることは、なんとなくわかる。

（盲目だってバレたくないのかな……）

あまり詳しくはないけど、貴族って聞くと、外面や体裁《ていさい》を重要視してるイメージがある。

だから父親は、目の見えない子供がいるってことがこの家にとってマイナスになると考えて、お披露目《ひろめ》したくないのかもしれない。

いやまぁ、単に五人目の子供なんてお披露目《ひろめ》しなくてもいい、ってことかもしれないけど。

「あぁ、そうだわ。フィーちゃんのご飯をお願いしないとね」

抱き上げていた私を下ろして、ナディお姉さんはパタパタと駆けていった。そして、チリンチリンと、鈴のような音が聞こえる。誰か呼んだのかな？

……そういえば、私《フィリス》はどうやってご飯を食べていたんだろう。食器とか、危なくて持てないんじゃない？

ここに誰かを呼んだということは、食事のときですら、私はベッドから移動しないってことかも。

それからすぐに、ドアをノックする音が聞こえた。

「失礼します。フィリスさま、お食事をお持ちしました」

「ありがとうエリー。あ、ちょっと手伝ってくれるかしら？」

「はい、ナディさま」

部屋に入ってきたのは、メイドのエリー。

一応、ただ一人の私専属のメイドで、去年から担当になってるらしい。

……なんで一応なのかというと、その仕事のほとんどをナディお姉さんに奪われているみたいだから。ナディお姉さん……メイドさんのお仕事取っちゃだめだよ。

「あら、美味《おい》しそう」

ナディお姉さんの明るい声が聞こえる。カチャカチャと金属を動かす音と同時に、お腹の空《す》くいいにおいが漂《ただよ》ってきた。

「はい、フィーちゃん、お口開けて。あーん」

「あー……」

……うん、やっぱりこうなるよね。

ある程度想像はしていたけど、食事は誰かに食べさせてもらうしかないらしい。

ナディお姉さんの合図で口を開けると、スプーンか何かにのったご飯が入ってくる。

料理の温度が低めなのは、私が食べやすいようにという配慮なのか、それとも単にちょっと冷めただけなのか。まぁ、食べやすいならなんでもいいけど。

「はい、あーん」

「あー……」

……これは、小鳥の餌《えさ》やりタイムかな？

三十歳の記憶がある身としては、なかなかの恥ずかしさ……だけど、こればっかりは我慢するしかない。というか、普通にナディお姉さんに食べさせてもらってるけど、これも本来ならエリーの仕事では？

食事のあとも、エリーがやるはずの仕事を奪ったナディお姉さんに、身支度《みじたく》まで整えてもらった。エリーのため息が聞こえたのは、きっと気のせいじゃない。

「……ナディさま。そろそろご自身の身支度《みじたく》もなさいませんと……」

「あらいけない。じゃあね、フィーちゃん。また来るわ！」

ナディお姉さん……自分のことをほったらかして私のところに来たんだ。どれだけ私《フィリス》のことを溺愛してるの？

「フィリスさま、何かありましたらお呼びください。私は扉の前におります」

騒がしいナディお姉さんに続いて、エリーも部屋から出ていった。

これで、今この部屋にいるのは私だけ……のはず。

しばらく耳を澄ましてみても、物音ひとつ聞こえない……よし、今なら誰もいないね。

盲目なのは仕方ないにしても、いつまでも何もできないのも困るし、ここでひとつ挑戦してみよう。

（魔力……魔力……）

今世《フィリス》の記憶と知識を手繰《たぐ》り寄せてみたところ、なんと、この世界の人はみんな魔力を持っていて、魔法を使えるらしい。

前世の記憶を取り戻す前、たびたび部屋に遊びに来ていたナディお姉さんが私《フィリス》にいろいろとしゃべっていたっぽい。

五歳の記憶力は意外といいらしく、教わった魔力や魔法なんかの知識もいくつか覚えている。

それによると、私の魔力は風属性なんだそう。これはナディお姉さんが何かの道具を使って確かめていたことも思い出せるから、間違いなさそうだね。

だから、きちんと練習すれば、私も魔法が使えるようになる……はず。

幼女《フィリス》では、やり方自体は覚えられてもナディお姉さんの話の理解はできなくて、実際に魔法を使おうとしたことはなかったみたい。

けど、今の私は剣や魔法がたくさん出てくるファンタジー小説が好きな、元日本人。魔法が使えると知れば、挑戦してみたくならないはずがない。

まずは、自分の魔力を感じ取る方法を試してみよう。

心を落ち着かせて、自分の中に意識を集中させる。

（ん、これが魔力かな？　あったかい……）

しばらくすると、じんわりと温かい感覚があった。体を膜《まく》のように包み込んでいるものというか、血液とは別に体内を流れているものというか……不思議な感じ。

その温かいものが魔力だとして、それを移動させてみる。

挑戦したいのは、目に魔力を集めて、他人の魔力を感じ取ること。ナディお姉さんいわく、それは魔力を感知する方法の一種らしく、赤外線カメラみたいに暗闇のような視界が悪いところでも、相手の位置を把握することができるらしい。

ということは、それを使えば、擬似的な視界を得られるかもしれない。

私はじっくり、目に意識を集中させる。

で、顔の辺《あた》りに手をかざすと、腕の形に光る緑色の魔力が視《み》えた。

「お？　おぉぉ……！」

すごい！　見えていないのに、視える！

実体ではなくて、なんだかふわふわしてるけど、確かにそこに腕があるのがわかる。

……すごい。魔力を感じ取れたら、今まで見えなかったものが視えるようになった。

（これを極《きわ》めれば……普通に生活できる日も遠くない！　かも）

他の魔法も使ってみたいけど、それよりもこれを極《きわ》めるほうが大事な気がする。

魔力を視てるんだから、【魔力視】とでも呼ぼうかな。

ナディお姉さんは、全ての生き物は魔力を持ってるって言ってた。

ということは……自分以外の魔力も感じ取れるようになれば、視力がなくても困らないかもしれない！

（よし、集中！　……まずはエリーとナディお姉さん）

瞑想《めいそう》をするように、じっと魔力を感じ取ることだけに集中する。

自分の魔力を視たときを参考にして、ナディお姉さんかエリーの魔力を探す。

するとほどなくして、真っ暗な視界に、ポゥ……と光が灯《とも》った。

（見つけた……これは、エリーかな？）

少し離れたところに、微動だにしない人の形をした魔力が視えた。色は水色で、私とはちょっと違う。

すごい、これではっきりした。【魔力視】があれば、人のいるところがわかる。

残念ながら、生き物じゃない建物の形はわからないから、エリーが真っ暗な空間に浮いているように視えてしまうんだけど。

（エリーって、結構若いんだね……）

今世では、初めて視る人の姿。形しかわからないけど、エリーが子供っぽい体形をしているのはなんとなくわかる。

（……よし、この調子！　やるぞぉ）

初めてやって、ここまで視えるのなら……もっともっと【魔力視】に慣れれば、普通の生活ができるようになるかも。

まずは、誰にも頼らずに歩けるようになる！


……それから一か月。私はひたすら、普通の生活をするための訓練をした。

朝は発声練習。

相変わらず押しかけてくるナディお姉さんと会話することで、滑舌《かつぜつ》をよくしようとした。

これは大成功で、もう普通にしゃべれるよ。五歳の子供では、これが限界だと思う。

そして、暇さえあれば【魔力視】も特訓した。

……一度、ナディお姉さんがいる状態でやってみようとしたんだけど、うるさくて集中できなかった。だから、ナディお姉さんがいないタイミングで練習してる。

(成果は上々……っと)

【魔力視】に関しては、もう完璧といってもいいんじゃないかな？　この家にいる人たちの魔力は感知できるようになったし。今では魔力を探せる範囲も拡大して、頑張れば屋敷の端から端まで感知できる。

思ったよりも敷地が広くて人が多いことには驚いたけど、【魔力視】の性能の高さにも驚いた。これは、かなり便利だと思う。

でも【魔力視】だけでは、人の位置はわかってもそれ以外はわからない。

ところが！　私には、偶然できるようになったもうひとつの技がある！

それは、【空間把握】と名付けた技。

【魔力視】の練習中、ものの形がわかるようにならないかな？　と思っていたら、できるようになっていた。

その原理はとっても単純。私が持つ風属性の魔力を辺《あた》りにまき散らし、反射して返ってきた魔力を感知して、ものの位置を把握しているだけ。コウモリの超音波に似ているのかもしれない。

この【空間把握】、なかなか使い勝手がよくて、ものすごく細かく形を認識できる。ドアの位置、家具の形、部屋の広さ……全て手に取るようにわかるの。窓を開ければ、外の様子もある程度わかる。感知範囲は、ちょっと狭いけど。

私は、世話をしに部屋に来てくれていたエリーに声をかけた。

「エリー、まどあけて」

エリーは「はい」と頷いて窓を開けつつ、優しい声で言う。

「フィリスさまは不思議ですね……目が見えないはずなのに、景色を楽しんでおられるように見受けられます」

「そうかな」

まぁ、一応わかるからね。【空間把握】の難点は、ものの形がわかるだけで色はわからないこと。それと、絵画《かいが》や鏡みたいな、平面のものはさっぱりわからないことかな。頑張ったけど、自分の顔立ちを視ることはできなかった。

さらに言えば、動いているものを感知すると、コマ送りみたいになってしまうことがある。これは単純に、魔力が反射するまでのタイムラグの問題だと思うけど。

「フィリスさま、お茶にしましょうか」

「うん」

私が答えると、エリーがポットの用意を始めた。ふわりと、優しい紅茶の香りがする。

……エリーには、この一か月の間、かなり無茶なお願いをしてきた。

私を部屋の外に連れ出してほしいと言ったりとか、誰がこの家にいるのかを聞いたりとか。

【空間把握】ができるようになって、私は一人でも歩けるようになった。

でも、いきなり盲目の幼女がうろちょろし出したら怪しいと思って、しばらくエリーを頼っていた。

（でも、おかげでエリーと仲良くなれたから、結果オーライ）

仲良くなるうちに判明したけど、エリーは十四歳とメイドの中では一番若く、半《なか》ば押しつけられるように私の専属になったらしい。

最近まで、貧乏《びんぼう》くじを引いたと思ってたって、申し訳なさそうに教えてくれた。でも今は、ナディお姉さんの影響もあって、一緒にいるのが楽しいって。

まぁ、明らかに家の当主から好かれていない子供のお世話なんて、面倒だと思っても不思議じゃない。私もそれはわかってるから、そんなことを思ってたって怒らない。むしろ、いろいろ手伝ってくれて感謝してる。

私は、エリーが淹《い》れてくれたお茶を口に運んだ。

「おいしい」

「それはよかったです！」

今じゃエリーは、私が苦もなくカップを手に取っても驚かなくなった。最初のうちは、飛び上がるくらいびっくりしてたんだけどね。

……と、私の普段の【魔力視】の感知範囲に、高速で移動する魔力が映った。どんどん近づいてくるコレは、間違いなくナディお姉さんだね。

「ん、ねぇさまがくる……」

「へ？　わ、わかるのですか？」

「うん」

不思議そうなエリーに、私は頷いた。

ナディお姉さんの魔力は、この家の中でも特に濃い青色をしている。前にエリーに聞いたんだけど、魔力の色は属性を、濃淡《のうたん》は量を表しているんだって。

この家には、私以外はなぜか青系の色……水属性の魔力を持った人しかいない。その中で、ナディお姉さんは一番強い。だから、離れていてもすぐわかる。

そんなことを考えていると、バァン！　と勢いよくドアが開いた。

「フィーちゃんがお茶してる気配がするわ！　……ほらやっぱり！」

……ナディお姉さんには、何か特別なセンサーでもついているのかな？

なんで私がお茶してるのがわかったんだろう。私の部屋、お屋敷の端っこなんだけど。

エリーは、私がナディお姉さんの接近を当てたことに驚いているみたい。

「すごい……本当にいらっしゃいました」

「でしょ」

【魔力視】に壁や障害物は関係ないから、感知範囲にいればすぐわかる。

（それに、【魔力視】がなくても、ナディお姉さんはわかる気がする……）

ナディお姉さんの足音には特徴があるし、そもそも私の部屋に来るのはエリーとナディお姉さんだけだし。

ナディお姉さんは私たちに近づいてきた。

「私も交《ま》ぜて？」

「すぐに用意いたします」

「ありがとう、エリー！」

ナディお姉さんが来ること自体は想定内だったのか、エリーが新しくお茶を用意している。

ナディお姉さん用のカップがあらかじめ用意されているとか……エリーも慣れてるね。

普通にカップを持っている私を見たのか、ナディお姉さんがほぅ……とため息をついた。

「んん、フィーちゃんは本当に器用よねぇ」

ナディお姉さんは、私が【魔力視】や【空間把握】を使っていることには気付いていないらしい。だから、私が見えないのにカップを持てるようになったと思っているみたい。

「あぁ……どんどん手がかからなくなるわ。嬉しいはずなのに、私の心は複雑だわ……もっと頼ってほしいのよぅ！」

「「……」」

べしっべしっと、テーブルを叩くナディお姉さんに、私もエリーも絶句する。お行儀《ぎょうぎ》が悪いですよ。……と思ったら、今度は私のほうににじり寄ってきた。

「ということで、フィーちゃん！　何かしてほしいことはないかしら!?」

フンスフンスと、ナディお姉さんの荒い息遣いが聞こえてくる。

【魔力視】では、手をワキワキしてるのも視えるんだけど……なに、その怪しい手つき。

（……ちょっと鬱陶《うっとう》しいけど……でも、嫌いじゃないなぁ）

何気ない日常も、ナディお姉さんがいなければとたんに寂しくなる。私はナディお姉さんのことが好きなんだ。

……してほしいことかぁ。どうせなら、自分じゃできないことがいいよね。

「じゃあ、かみ、きれいにして？」

鏡を見ることができない私には、自分で髪のお手入れをすることができない。

エリーもまだ不慣れなのか、結んだり切ったりするのは苦手らしくて……私の長い髪はいつも、ちょっとだけボサボサしている。

ナディお姉さんは髪のお手入れが得意なのか、私のお願いに即答してくれた。

「ええ、ええ！　いいわよ！　フィーちゃんにはどんな髪形が似合うかしら。うーん……最近の流行《はや》り？　縦に巻くんだったかしら」

（縦ロール!?　待って待って！　ソレは勘弁して！）

「ふ、ふつうがいい……」

「あら、残念ねぇ」

危なかった……もうちょっとで縦ロールにされるところだった。

いくら自分じゃ見えないからとはいえ、五歳で縦ロールはちょっとね。

というか、今のトレンドって縦ロールなの？　確かに、前世でやったゲームには、そんな髪形のキャラクターがたくさん出てくるものがあったような……それはどうでもいいか。

【魔力視】で視たナディお姉さんは、いつもストレートの髪を頭の後ろでまとめている。

流行《はや》りには乗らない主義なのか、縦ロールじゃない。

自分がやらないことを、妹で実験しようとしないでよ。

私が思わずため息をついていると、ナディお姉さんが髪を梳《す》き始める。

「櫛《くし》が引っかかるわね……フィーちゃん、せっかくきれいな銀髪なんだから、ちゃんとエリーにお手入れさせないとだめよ？」

いつも、「まぁいっか」みたいな感じで適当にお手入れしているのがバレたみたい。

（それにしても……私って銀髪なんだ。珍しいのかな？）

銀髪なんて、前世じゃ聞いたことがない。私は尋ねてみることにした。

「ぎんって……めずらしい？」

「いえ。ナディさまも銀髪ですよ。フィリスさまは白に近く、ナディさまは青みがかっていますが」

（あ、普通の色なんだ）

「他のご家族は、皆様、青に近いお色ですね。お屋敷の外には、赤や緑など、様々な髪色の方がいます」

「ふぅん」

私は、丁寧に質問に答えてくれたエリーに頷く。せっかくファンタジーっぽい色なのに、【魔力視】はものの色自体は視ることができないから、残念で仕方がない。

「あっ⁉　枝毛！　こっちにも！　んもぅ、フィーちゃんったら。……うん！　どうせなら徹底的にやっちゃいましょう！　エリー、お手入れする道具を持ってきてくれるかしら？」

「わかりました」

私の髪を梳《す》きながら騒ぐナディお姉さんに、エリーが返事をする。

「もちろん、エリーも覚えるのよ」

「……はい」

……あれ、いつの間にか髪のお手入れの講習会が始まった。エリーが嫌そうな声を出している。

エリーはあんまり器用じゃないから、こういうのを覚えるのは苦手みたいだね。

……私には、頑張ってとしか言えない。

それからしばらくして、私の髪は驚くほどサラサラに生まれ変わった。

使った道具を片付けるためなのか、ナディお姉さんとエリーが私から少し離れる。すると、ナディお姉さんがエリーに小さな声で話しかけた。

「……そういえば。フィーちゃんって、定期的に魔力を放出しているわよね？　あ、ほらまた」

「え、そうなのですか？　私は気付きませんでしたが……」

「あら、そう？　うーん、確かにわかりにくいかもしれないわ。かなり少ない量だけど、わざとやっているみたいなのよね」

……ひそひそ話でも、耳がいい私には全部聞こえているんだよ。この部屋の中での会話なら、漏らさず聞き取る自信がある。

（……ナディお姉さんは、私の魔力を感じ取れる？）

私が魔力を放出しているってナディお姉さんが言ったタイミングは、ちょうど私が【空間把握】を使ったときと重なる。エリーにはわからなかったみたいだけど、ナディお姉さんが魔力を感知しているのは間違いなさそう。

「……もしかして、魔力を反射させて、物の位置を感知しているのかしら？」

（当てた！　ナディお姉さんすごい！）

なんのヒントもなく、ナディお姉さんは私がしていることを当ててみせた。

ちょっとおバカさんだとか思ってたけど、実はナディお姉さんってすごい人なのかもしれない。

「反射させて感知……そのような魔法があるのですか？」

「魔法というよりは、魔力を使った小技、かしらね。属性に関係なく、魔法が使えるか否《いな》かにも関係なく、魔力を感じ取れる人ならできるはずよ。フィーちゃんの風属性は、他の属性よりも感知に向いているの。それでも、あんな難しい技術をもう使えるなんて、驚いたわ」

「なるほど……」

エリーの問いにも、ナディお姉さんはすらすら答えた。エリーも理解できたらしい。

【空間把握】が珍しい技術じゃないのにはちょっと安心したけど、これ、そんなに難しいかな？

なんとなくで使えるんだけど。これも風属性の魔力のおかげ……っていうことなのかな。

【魔力視】でエリーたちを視続けていると、ないはずの視線に気が付いたかのように、ナディお姉さんがこっちを向いた。

「でも、それだけじゃなさそうね。フィーちゃんは、他にも何かしているわ。目の辺《あた》りに魔力を集めているみたいなのだけれど……よくわからないわね」

（【魔力視】のことも気付いてる？）

近づいてきたナディお姉さんが、私の脇《わき》の下に手を入れて、向かい合うように抱き上げた。

目の前の、吐息を感じるくらいの距離にナディお姉さんの顔がある。残念ながら、表情は全くわからないけど。

「やっぱり目は合わないわねぇ。実は見えるようになっていた、というわけではないのかしら」

視えてはいるけど、見えてないよ。【魔力視】では目や口の位置はわからない。だから当然、人と目を合わせるなんて不可能。というか、眼球を動かしている感覚すらないんだもん。自分がどこを見ているのかもわからないよ。

「そうだわ！　フィーちゃん、魔法を覚えてみない？」

「……ほえ？」

ナディお姉さんからの突然の提案に、私は間の抜けた声をあげてしまう。

私を下ろしたお姉さんは、深ーいため息をついた。魔力がゆらっと、一瞬だけブレたように視えたんだけど……なんだろう、今の。

「お父様は、フィーちゃんに家庭教師をつけるつもりがないようだし……私がフィーちゃんの先生になるわ！」

「よろしいのですか？　ゲランテさまは、その……」

「いいのよ。でも、見つかると面倒だからお父様には内緒よ？　秘密の特訓ね」

戸惑《とまど》うエリーに答えたナディお姉さんの声が、少し冷たくなった気がした。

どうやら、父親とナディお姉さんの仲は、良好とは言えないみたい。

「だいたい、フィーちゃんに会おうともしないような人に、とやかく言われる筋合いはないわ。もし難癖をつけられても、私の判断だと言えば、文句は言えないでしょうし」

……ナディお姉さんって、家の中でどれくらいの強さを持っているのかな。当主ですら文句を言えないんだ。

それにしても、会いに来ようともしないってことは、私は父親に相当嫌われているらしい。確かに、エリーと一緒に屋敷探索《たんさく》をしているときですら、出会うことはなかった。声も聞いた覚えがないくらい、私に父親の記憶はない。

「ねぇさま……」

「あぁ、ごめんなさい！　変なこと聞かせちゃったわね！」

ナディお姉さんは、私が声をかけたとたん、声のトーンを明るくした。溺愛する私に余計な心配はかけたくない、ってことなんだと思う。

声で相手の感情を判断する私への気遣いもするなんて、ナディお姉さんは本当に優しい人だね。

ナディお姉さんは話を切り替えるように、楽しげに言う。

「さぁ！　気を取り直して、魔法をさくっと覚えちゃいましょう！　フィーちゃんならすぐできるわ！　さ、危ないからお庭に行きましょうか」

……そんなさくっと覚えられるものなのかな？

ナディお姉さんは、私のことを過大評価している節《ふし》があるからなぁ。本当に簡単ならいいんだけど。とはいえ、魔法に興味があるのは事実。ここはお姉さんの言葉を信じてみよう。

場所を屋外へと移して、ナディお姉さんによる魔法の授業が始まった。

「フィーちゃんはね、魔力の操作がもうできているの！　だから難しいことはないわ。まずは、魔力を手に集めてみましょう。集中して……そう、深呼吸」

魔力を手に集めるのは、魔力の流れを意識することで簡単にできた。【魔力視】と一緒に使おうとすると混乱しちゃうけど、ひたすら練習して慣れるしかないかな。

「そうそう！　流石《さすが》ね、フィーちゃん！」

　安定して魔力を集められるようになったところで、ナディお姉さんが突然パンッと手を叩いた。思わずびくっとしてしまったけど、魔力はそのまま保持できた。

「驚いても霧散《むさん》しない……うん、いいわね！　じゃあフィーちゃん、私に続いて唱《とな》えて。〈風よ、我が身を守れ――風鎧《かぜよろい》〉、はい！」

「〈かぜよ、わがみをまもれ――かぜよろい〉」

　若干たどたどしくも、ナディお姉さんの言葉をなぞる。

　ちゃんと言えたかな？　と思った瞬間、私を包むように風がゴゥッ！　と渦《うず》を巻いた。

「うわ!?」

　私の周りで魔力が薄く光り、陽炎《かげろう》のようになって歪《ゆが》んで視える。

　恐る恐るそれに触《ふ》れてみると、柔らかく押し返されるような感覚があった。

「……驚いた。フィーちゃんは天才かしら？」

「た、たった一度で……私、三年勉強してやっと魔法を使えるようになったのですが……」

　ナディお姉さんが本気で驚いているような気がする。

　エリーはなんだか落ち込んでいるみたいだけど、風がうるさくてよく聞き取れない。

　一瞬、五歳の幼女が詠唱《えいしょう》を完璧に復唱したのは不自然だったかな、と思ったけど、今のところ怪しまれてはいないっぽい。

「すごいわ、フィーちゃ……ぅぐっ⁉」

私に近づいてきたナディお姉さんが、硬いもので殴《なぐ》られたみたいに吹っ飛んでいった。

「……ねぇさま？」

何、今の……っていうか、結構飛んだけど大丈夫かな？

何が起こったのかよくわからずにいると、はぁ、とエリーのため息が聞こえた。

「〈風鎧〉を教えたのは、ナディさまではないですか……」

「な、なかなか強力だったわね……フィーちゃん恐るべし」

（あぁ……ナディお姉さん、風に吹き飛ばされたんだ）

どうやらこの〈風鎧〉とかいう魔法は、その名前の通り風の鎧《よろい》を生み出すものらしい。渦《うず》を巻く風に何かが当たると、さっきのナディお姉さんのように弾《はじ》く仕組みになっているみたい。

吹き飛ばされたナディお姉さんはピンピンしているから、ダメージを与えるほどの魔法ではないのかもしれないけど。

（魔法……なんだか楽しいな）

魔力を多く消費している感覚はない。【空間把握】より、ちょっと多いくらいかな？

コスパもよくて、自分の身を守れる魔法を教えてくれるなんて……ナディお姉さんは、私のことをよく考えてくれている。

ナディお姉さんは立ち上がると、再び私の近くに来て教えてくれる。

「ずっと使い続けていると、魔力がなくなって倒れてしまうから、魔法は解除しましょう。フィーちゃん、〈風よ散れ〉って言ってね」

「〈かぜよちれ〉！」

「うんうん、解除詠唱《えいしょう》も完璧ね！」

私が詠唱《えいしょう》すると、風が一瞬で霧散《むさん》した。なるほど、使うときと解除するときで、それぞれ詠唱《えいしょう》するんだね。

あのまま使い続けても、魔力が切れるような気配はなかったけど……ナディお姉さんのことだから、余裕をもって解除させたのかも。私も、いきなり倒れるのはいやだ。

「さ、続けましょう！」

それからしばらく練習し続けて、魔法の実践はおしまいになった。

結局あのあと、〈風弾《ふうだん》〉と〈風塵《ふうじん》〉っていう魔法を教わったけど、〈風鎧〉とは違って何回やっても発動させることはできなかった。

実践練習の次は、部屋に戻ってナディお姉さんに魔法の基本を教えてもらう。魔法の知識があまりないというエリーも、一緒に授業を受けることになった。

「エリーはもう知っていると思うけれど、魔法には型《かた》というものが存在しているの。型には、攻撃型と防御型の二種類あって、それぞれ魔法の使い方が微妙に違うのよ。普通は、適性がある型の魔法しか使えないけれど、例外も存在するわ。まぁ、それについてはあとで教えるわね。エリー、あなたは防御型よね？」

「はい」

エリーが答えるのを聞いて、ナディお姉さんは続ける。

「フィーちゃんの適性も、エリーと同じ防御型になるわね。〈風鎧〉は防御型の初歩の魔法なの。とはいえ、たった一回で、あれだけ強力な魔法を使えたフィーちゃんは天才ね！」

ナディお姉さんが、ぐりぐりと私を撫でまわす。

「ぼーぎょ……」

私はぼんやりと呟いた。失敗した〈風弾〉や〈風塵〉は攻撃型の魔法だそうで、ナディお姉さんも失敗する前提で教えていたみたい。

私には魔法の才能がないのかと思っていたけど、どうやらそういうわけではないらしい。

それならそうと、先に教えてほしかった……思いっきり落ち込んでたのに。

「ねぇさまは、どっち？」

……ふと気になって、私はナディお姉さんに聞いてみた。ナディお姉さんは自分の属性以外についても詳しいけど、どんな魔法を使えるのか全く知らないからね。

「私は攻撃型よ。でも、防御型も使えるわ。威力は落ちてしまうのだけれど。さっき言っていた、適性の例外が私よ。学園でも有名だったんだから！」

「えぇぇぇえっ!?」

さらりと言ってのけたナディお姉さんに、エリーがかなり驚いている。私だってびっくりした。

攻撃も防御も使えるナディお姉さんだけど、凄《すさ》まじいのはそれだけじゃない。

なんと魔法の威力もとんでもないらしく、学園では卒業までトップの成績を維持し続けて、歴代最強とまで言われたというから、さらに驚き。

で、その魔法を使って校舎を半壊させたとか、婚約者が気に食わなかったから魔法で吹っ飛ばしたら破談したとか……笑って話すような内容じゃないと思うんだけど、ナディお姉さんは楽しげに教えてくれた。

すごすぎるエピソードを聞き終えたあと、エリーが恐る恐る質問する。

「ナディさまは十八歳なのに、未だに独身なのって、もしかして……」

「そうよ？　……三回くらい婚約破棄されてからは、ぱったりとお誘いが来なくなったのよねぇ。独り身のほうが気楽だから、かえって都合がよかったのだけれど」

「それでいいのですか……」

エリーが、少々呆《あき》れたように呟いた。十代前半で結婚することも珍しくないという貴族社会では、もう婚期が過ぎかけているナディお姉さん。三回も婚約破棄されているのに、それを気にしたそぶりもない。……ナディお姉さんは、かなり破天荒《はてんこう》な性格をしているらしい。

「ま、それはそうとして……」

突然、ナディお姉さんがまとう空気が重くなった……ような気がした。

魔力が、ちりちりと弾《はじ》けるように膨らんでいく。

私の肩に置かれたナディお姉さんの手に、ぎゅうっと力がこもった。

「『選定の儀』だけは、なんとしてもフィーちゃんに受けさせないといけないわ。お父様に邪魔はさせないわよ！」

……『選定の儀』ってなんだろう？　受けるのは私っぽいけど、初めて聞いたなぁ。

ナディお姉さんの口ぶりからも、かなり重要そうなのは伝わってきたけど……まぁ、私にできることはただ待つだけ。そのうちナディお姉さんが教えてくれるはずだし。

私がそんなことを考えていると、エリーがため息をつきながら言った。

「魔法はお使いにならないでくださいね……お屋敷が半壊します」

「わ、わかっているわよぅ……」

……これは、魔法を使うつもりだったね、ナディお姉さん。

ナディお姉さんが父親を説得すると息巻くのはいいけど、どうか平和的に解決しますように。お家が半壊するなんていやだ。

第二章　くずれた幸せ

ナディお姉さんの魔法の授業を受けてから、あっという間に二週間が経った。

その間、私はナディお姉さんに教わった〈風鎧〉をひたすら練習していた。私が教わった魔法の中で、発動させることができたのはこれだけだから。

他の防御型の魔法は、発動させるために魔法陣というものを使うらしいんだけど、私はそれを見ることができないから、あれこれ試しても結局覚えることはできなかった。

まぁ、ひとつに集中できるって、なかなか悪くないんだけどね。

〈〈守れ――風鎧〉〉

ベッドに座って心の中で唱《とな》えると、ゴゥッと風が渦《うず》を巻く。

魔法を教わったはいいものの、元日本人の性《さが》か、詠唱《えいしょう》が気恥ずかしくなってしまった私。そこで、詠唱《えいしょう》を短くしたり、いっそなくしたりできないかと頑張った。

……その結果、なんと「守れ」の一言《ひとこと》で〈風鎧〉を使えるようになった。しかも、声に出す必要もない。

（無詠唱《むえいしょう》……っていうんだっけ？）

私は声に出さず魔法を発動する技術を、四日ほどでマスターした。だけど詠唱《えいしょう》をしない、もしくは短縮して魔法を使うのは、かなりの高等技術だとエリーが教えてくれた。

……ナディお姉さんに目の前で見せたら、石のように固まってたなぁ。

私としては、そこまで苦労した気はしないんだけど。【魔力視】も【空間把握】も詠《えい》唱《しょう》はいらないから、今さらだとばかり思っていたし。

魔法と【魔力視】との同時使用だってなんのその。

私の目には、他の人が見えないはずの魔力の流れが視える。魔法も、ひとつの魔力の塊《かたまり》として捉《とら》えることができて、属性はもちろん、形までわかるようになった。

さらに、ずっと【魔力視】を使い続けたからなのか、いつの間にか近くにいる相手の感情を読み取れるようになっていた。嬉しい、悲しい、楽しい、苦しい……そんな感情が、なんとなくわかる。特に、自分に対しての悪意や不快感はわかりやすい。

そういう感情を持っている人には、なるべく近づかないようにしようと決めている。

(……〈散れ〉)

考え事をしながらでも余裕で魔法を維持できるようになったし、ずいぶんスムーズにオンオフも切り替えられるようになった。

魔法の持続時間もかなり長い。正確な時間はわからないけど、エリーが心配して止めてくれるまでは、ずっと使っていても問題なかったよ。

そのとき、ずっと使いっぱなしだった【魔力視】が、部屋に近づいてくる反応を捉《とら》えた。

(お、誰か来る? 視たことない反応だ……)

誰だろう、この人。エリーやナディお姉さんなら絶対に間違えないし、そもそもこの屋敷にいる人はここに近づいてこない。

「え……リードさま!? どうしてここに……」

部屋の外から、エリーの驚いた声が聞こえてくる。エリーは知っている人物らしい。

声色《こわいろ》から、あんまりよく思ってなさそうなのは伝わってきたけど。

（リード……リード？　なんだろう……）

訪問者の名前を聞いた瞬間、私《フィリス》の記憶がざわついた。でも、頭に靄《もや》がかかったように、はっきりと思い出せない。

「相変わらず、薄汚いところだな！」

……と、そのリードは、私の部屋の前に着くなり、いきなり乱暴に扉を開け放った。

前世の記憶を思い出す前に何かイヤなことでもあったのか、意思とは関係なく体が震えて、鼓動も速くなって息が乱れてきた。

エリーが、慌《あわ》ててリードを追って部屋に入ってくる。

「せ、せめてノックをなさってください！　淑女のお部屋ですよ!?」

「うっせぇな。別にいいだろ、ガキだし、見えてねぇんだから」

「そういう問題ではありません！」

リードは人の部屋に入ってくるなり、トゲトゲした雰囲気で吐き捨てる。ずいぶん横柄《おうへい》……というか、マナーがなってない。

エリーはかなり怒っているようで、魔力がゆらゆらと不穏《ふおん》な様子で揺れている。

……女の子の部屋に、ノックもなしに侵入したらそうなるか。私だって嫌な気分だし。

「おい、この俺が来てやったというのに、挨拶《あいさつ》のひとつもなしか？　出来損《できそこ》ない」

（出来損《できそこ》ない……私のことか）

いきなり幼女を罵《ののし》るリード。これで挨拶《あいさつ》をしろって言われても、絶対にいやだ。

「リードさま！　それ以上は見過ごせません！」

エリーが私とリードの間に立って、両手を広げる。

（落ち着いて……大丈夫、怖くない）

リードが声を荒らげるたびに、私《フィリス》はびくりと震えてしまう。私の知らない過去があるようだけど、今はもう怖くない。そう幼い自分に言い聞かせて、震える体を落ち着かせる。

「……はっ、ついに口も利《き》けなくなったか、出来損《できそこ》ない！」

一言《ひとこと》もしゃべらない私に業《ごう》を煮やしたのか、リードが声を張り上げる。

そして、リードが突き出した右腕に、魔力が急速に集まっていくのが視えた。どうやら魔法を使おうとしているらしい。

「っ!?　いけません！」

一拍遅れて、エリーの腕にも魔力が集まっていく。

二人とも属性は水……リードのほうが、ちょっとだけ強いかもしれない。

「〈水よ、岩をも穿《うが》つ牙《きば》となれ――水牙《すいが》〉！」

「〈水よ集《つど》え！　悪《あ》しき牙《きば》を断て――水壁《みずかべ》〉！」

対《つい》になるような、リードとエリーの詠唱《えいしょう》。詠唱《えいしょう》が終わってから魔法が発動するまでは、微妙なタイムラグがあるんだね。

もちろん、私だってただぼーっとしていたわけじゃない。

（〈守れ――風鎧〉）

エリーが詠唱《えいしょう》を終える直前、口の中で呟くようにして〈風鎧〉を発動させる。

そして、私の前に、グンッ！　と大きな壁のようなものが現れた……と思った瞬間、それが激しい音を立てて弾《はじ》け飛《と》んだ。

「きゃぁぁっ!?」

エリーが悲鳴をあげて後ろに飛ばされて、〈風鎧〉で防ぎきれなかった水が、バシャバシャと私にもかかった。

魔法を解除して、急いでエリーのところに駆け寄る。【空間把握】を使っていなかったせいで、ベッドから勢いよく落ちてしまったけど、これくらいどうってことない。

「エリー、エリー……だいじょうぶ？」

「は、はい……フィリスさまは、痛いところなどありませんか？」

「へいき。エリーがまもってくれたから」

エリーもびしょびしょだけど、幸いけがはしていないみたいだった。私もエリーの〈水壁〉に守ってもらったおかげで、傷ひとつ負《お》っていない。

一方のリードはといえば、エリーに魔法を防がれたのが気に食わなかったのか地団太《じだんだ》を踏んでいた。

「俺の〈水牙〉を相殺《そうさい》する魔法だと⁉　出来損《できそこ》ないの分際で、面倒なメイドをつけやがって……それにお前、魔法を使っていなかったか⁉　出来損《できそこ》ないのくせに！　くそっ！」

(出来損《できそこ》ない出来損《できそこ》ないって、さっきからなんなのこの人⁉)

いい加減イライラしてきた。なんでいきなり、こんなに罵倒《ばとう》されなきゃいけないの。

さっきまでの恐怖はもうなくなって、代わりにふつふつと怒《いか》りがこみあげてくる。

「次は手加減しねぇからなぁ！」

リードの腕に、さっきよりも強く魔力が集まっていく。

より強い魔法を使うつもりなんだとしたら、多分私は直撃すると耐えられない。

万事休すか……と思った瞬間。後ろから抱きしめられるような感覚があって、ふっと体から力が抜けた。よく知っている魔力に全身が包まれているみたい。

(あぁ……来た。来てくれた！)

私の【魔力視】が、感知範囲ギリギリから、とんでもない速度で接近する巨大な反応を捉《とら》えた。

ゴゴゴゴ……と、魔力が揺らいでいる。リードなんかよりも、もっとずっと強く重いプレッシャー。だけど、私にとっては頼れる魔力。

間違いない。どうやって私たちのピンチを察知したのかは知らないけど、ナディお姉さんがここに向かってる！

「フィィィィちゃぁぁぁぁん！」

「この声……ナディさま⁉」

建物全体を震わせるかのような咆哮《ほうこう》。その声で、エリーも誰が来ているのかわかったらしい。

「くっ……！」

リードが呻《うめ》いて、発動しかけていた魔法は不発に終わる。ナディお姉さんの魔力が、リードに絡みつくように邪魔していたように視えた……そんなこともできるんだ。

「はぁ……やっと着いたわ……あら、お兄様。これはいったいどういうことでしょうか？まぁ、答える必要はないのですけれど」

……お兄様？　この人が？

息を切らしながらやってきたナディお姉さんが、リードと対面するなり信じられないことを言った。

　この、いきなり女の子の部屋に侵入して、あげく魔法までぶっ放したリードは、なんと私の兄だというから驚き。冗談じゃない。

「……〈逆巻《さかま》け――水渦《すいか》〉」

　低く唸《うな》るナディお姉さんの周囲に、うねる柱のようなものが現れた。ナディお姉さんの魔法は初めて視たけど、なんてきれいなんだろう。魔力の流れに全く無駄がない。短い詠唱《えいしょう》から、ごく自然に、でも圧倒的な技量で魔法を発動させている。

「弁明は聞かないわよ！」

「ま、待てナディ！　話せばわか……」

「吹っ飛びなさい！　こんの、おバカぁぁぁ!!」

　リードが何か言いかけたけど、ナディお姉さんが腕を一振りした瞬間、その姿が消えた。正確には、ナディお姉さんの魔法が直撃して、とんでもない勢いで吹っ飛ばされたみたい。

　そして、私のすぐ横をリードが通り過ぎて、そのまま窓から落ちていった……死んでないよね？

（ここ、二階だけど……）

大量の水に押し出されて、窓から落ちても大丈夫なの？　……この部屋が殺人現場になってないといいな。

「フィーちゃん！　エリー！　大丈夫かしら？」

「……うん、へいき」

「大丈夫です、ありがとうございます、ナディさま」

リードを吹っ飛ばしたナディお姉さんは、もう知らないとばかりに私たちに駆け寄ってきた。

私がリードが飛んでいったほうに顔を向けているのが気になったのか、ナディお姉さんはため息をついて私を優しく抱きしめた。

「フィーちゃん、アレは気にしなくてもいいわよ。……一応、生かしておいたから。もうひとつ魔法を使って、外にクッションを作ったの。その上に落ちているはずよ」

（一応!?　いや、死んでないのはよかったけど……）

あの一瞬でそんな精密なことができるなんて……やっぱりナディお姉さんはすごい。

「さて、フィーちゃんもエリーも着替えなさいな……と言いたいところなのだけれど」

ナディお姉さんがまたため息をつく。エリーは察したように言った。

「フィリスさまのお召し物は、全て濡れてしまいました。サイズの合う服を探してこないといけませんね……」

「それなら私のお部屋にあるわ！　赤い衣装箪笥《だんす》の中よ。入っていいから取ってきてちょうだい」

「わかりました」

……なんで私のサイズの服を、ナディお姉さんが持ってるんだろう。私が今着ている服は、ナディお姉さんのおさがりだって聞いたことはあるけど、まだ残ってたのかな？

なんにせよ、今はとてもありがたい。濡れた衣服は、冷たくて気持ち悪い。

「さ、フィーちゃんは髪を乾かしましょうか」

「うん」

自分が濡れることも厭《いと》わず、私の髪を乾かすナディお姉さん。

私はエリーが持ってきた服に着替えて、空《あ》き部屋に移動した。

なんで空《あ》き部屋なのかと聞いたら、ナディお姉さんの部屋はものが溢《あふ》れかえっていて、盲目の私を連れていくのは危険だから……ということらしい。

（誰も使っていないとはいえ、テーブルや椅子はある。そこまで不便じゃない、かな）

しばらく放置されていたのか少し埃《ほこり》っぽかったけど、エリーが手早く掃除した。

【空間把握】では、積みあがったテーブルや椅子を感知できた。元は余った家具置き場だったのかもしれないね。

「はぁ……ごめんね、フィーちゃん。驚いたでしょう？」

「だいじょうぶ」

「ふふ、フィーちゃんは強いわねぇ」

ナディお姉さんが、もっちもっちと私の頬をもてあそぶ。口調は優しいけど、魔力が不安定に揺れているから、ナディお姉さんの怒《いか》りはまだ収まっていないらしい。

（私の頬で気が紛《まぎ》れるなら、存分にどうぞ）

私にできるのは、ナディお姉さんを癒《いや》してあげることだけ。なんだかおもちゃにされているような気分になるけど、ナディお姉さんが落ち着くのならそれでもいい。

「それで、なぜリードさまはここに……」

エリーの呟きに、ナディお姉さんは、はぁぁ……と深いため息をついた。

「……フィーちゃんが『選定の儀』に行くのを、阻止《そし》したかったのよ。お父様もお兄様も、フィーちゃんのことが嫌いなようだし。けがでもさせて、出歩けないようにするつもりだったんじゃないかしら？」

「そんな……」

呆然とするエリーの声を聞いて、ナディお姉さんが続ける。

「今日だって、どうにか私を屋敷から遠ざけたかったようね。わざわざ偽物の招待状まで作って、パーティーへ向かわされたの。おかしいと思って、途中で引き返してきて正解だったわ」

なるほど。いつもは私の行動を予測しているみたいに現れるナディお姉さんが、今日は遅れて到着したのはそういう理由か。

（リードにとって、ナディお姉さんは天敵……）

私を襲撃するには、私にべったりなナディお姉さんが邪魔になる。だから、偽物の招待状を用意してまで引き離そうとしたんだね。

……ナディお姉さんの、勘の鋭《するど》さと私愛《フィリス》を甘く見ていたみたいだけど。

ナディお姉さんは、呆《あき》れたように言う。

「お兄様は登城《とじょう》しているはずなのに……わざわざ王都から出向くなんてよっぽどね。そんなにフィーちゃんが嫌いなのかしら」

「そういえば以前、『汚《けが》れた血』という呼び名を聞いた覚えが……」

エリーがそう言葉を発した瞬間、ナディお姉さんの魔力がぶわっと膨れ上がった。

「そう……まだ言っていたのね。全く、自分勝手で困るわ。フィーちゃんは何も悪くないのに」

『汚《けが》れた血』という言葉が私を指したものだというのは理解したけど、どういう意味なのかわからない。

「ねぇさま……どういういみ？」

私の問いに、ナディお姉さんは一瞬言葉を詰まらせる。それでも、ゆっくりと話してくれた。

「……フィーちゃんのお母様はね、私やお兄様のお母様とは違うのよ」

「アリアさま……でしたか？」

ナディお姉さんは、エリーの言葉に「えぇ」と答えた。

「優しくて強い、美しい人だったわ」

（だった？　もういないの？）

ナディお姉さんは、とても柔らかく、そして悲しそうな声で、私に事情を話してくれた。

水の魔力に特化したアシュターレ家で、私だけ魔力属性が違うのは、異母兄妹だからだということ。

そして、ナディお姉さんが過去形で話しているのは……私の母であるアリアという人が、すでに他界しているからだということ。

ナディお姉さんたちアシュターレ兄弟は、父ゲランテと母ベルディの子。もちろん、このベルディという人物にも、私は会ったことがない。

私は、父ゲランテが手を出した街娘の子。子を孕《はら》んだことで、父が屋敷に連れてきた人がアリアさんだった。当然、正妻ベルディとの仲は最悪。それどころか、屋敷にいるほとんどの人からも邪険にされていたんだとか。

ゲランテは、アリアさんを屋敷に連れてきたあとは一切興味を持たず、一度も顔を見せることはなかった。ナディお姉さんだけは例外で、年齢の近かったアリアさんを、本当の姉のように慕《した》っていたらしい。

「虐《いじ》められて、蔑《さげす》まれて……それでも気丈《きじょう》に振る舞っていたの。けど、体はどんどん弱っていったわ。最期《さいご》は起き上がることもできなくなっていたのよ……」

アリアさんは元々体が弱かったうえに、最悪な環境で衰弱した体では、出産に耐えられるかどうかわからなかった。

子供を産めば、アリアさんが死んでしまう予感がしていたというナディお姉さん。

アリアさんに出産を諦めさせるべきかどうか、かなり悩んだという。

「でもね。『生まれてくる子に罪はない。わたしが死んでも、この子だけは絶対に死なせない』って……毎日のように、そう言われたのよ」

それでナディお姉さんは説得を諦め、代わりに最大限のサポートをすることにしたんだって。

ところが、悪い予感は現実になってしまった。

衰弱しきったアリアさんは、私を産むと同時に……「フィリス」という名前だけを残して、十六歳という若さでこの世を去った。

(思ったよりも重い……)

「フィーちゃんの名前と髪の色は、アリア姉さんの遺《のこ》した贈り物よ」

ナディお姉さんはそう言って、優しく私の頭を撫でた。

ナディお姉さんは産婆を呼び、出産にも立ち会い、アリアさんの最期《さいご》を見届けた。私への愛情は、アリアさんのぶんも含んでいるのかもしれない。

……一目だけでも、お母さんを見てみたかったな。声を聴いてみたかったな。もう会うことは、できないけれど。

それにしても、遊びのつもりで街娘に手を出し、産まれた子供もほったらかしなんて。

(ゲランテ……父親失格!)

私は正式な子供ではないうえに、盲目で魔力の属性も違うせいで扱いは最底辺。

ナディお姉さんがいなければ、私は今ここにはいなかったはず。

(でもはっきりした。これが、私の知らない私の過去《フィリス》……)

五歳の子供が聞くような内容ではなかったけど、ナディお姉さんもすごく苦しかったに違いない。

ゲランテのことを話すときや、アリアさんのことを話すとき……ナディお姉さんの魔力はひどく歪《ゆが》んでいた。これはもう、ゲランテのことが嫌いとか、そんなレベルじゃない。憎《にく》んでいるといってもいいくらいだった。

「あら、いけない。暗いお話になっちゃったわね。ごめんなさい、フィーちゃん」

「ううん、ありがと」

謝るナディお姉さんに、私は首を横に振る。

ナディお姉さんのおかげで、引っかかっていたものが取れたみたいに頭がすっきりしている。

母親のこと、家族との関係……どれもあまりいいものではなかったけど、それでも知ることができた。よかったと思った、そのとき。

（……げっ。せっかくいい雰囲気になってきたのに……）

使いっぱなしの【魔力視】に、さっき視たリードの魔力が映った。一度視たら忘れないよ、あんな不快感の塊《かたまり》みたいな反応。話が一段落して、ようやくナディお姉さんが元通りになったと思ったのに。

「リード、くるよ」

「!!」

【魔力視】を会得《えとく》してから、私はナディお姉さんたちに聴覚で人の接近を察知していると説明してる。魔力を感知してるっていうよりは信憑性《しんぴょうせい》が高いと思ってね。

だから、ナディお姉さんもエリーも、さっと気配を鋭《するど》くした。

……ついリードを呼び捨てにしてしまったけど、特にお咎《とが》めもなかったなぁ。

「エリー、下がりなさい。フィーちゃんをよろしくね」

「はい！」

（おぉう……すごい重圧。津波みたい）

リードが近づくにつれて、ナディお姉さんの魔力がすごいことになっていく。

それはまるで、荒れ狂う海のよう。嵐のど真ん中にいるみたいに、魔力がうねる。魔力に質量なんてないはずなのに、気を抜くと押しつぶされてしまいそう。

これ以上、ナディお姉さんの魔力の奔流《ほんりゅう》を視続けるのは危ない。【魔力視】は使わないほうがいいかなぁ。

臨戦態勢になって、魔王もかくやという雰囲気をまとうナディお姉さん。だけど、魔力を感知できないらしいリードは、躊躇《ためら》いなく入ってきた。

「ここか！　……うぉ!?　ナディ!?」

「懲《こ》りないわね、お兄様。フィーちゃんに手を出すというのなら、私が代わりにお相手して差し上げますわよ？」

「ぐ……」

まさに一触即発《いっしょくそくはつ》。リードが少しでも怪しい動きを見せたら、即座にナディお姉さんの制裁が下るはず。

「よせ、リード。お前ではナディには勝てん」

そのとき、聞いたことのない声が響いた。低い声……大人の男性かな？

「父上！」

リードに声をかけた人物は、ついさっきも話題に出ていた父、ゲランテだった。あんな話を聞いたあとだからか、チリッと胸が痛む。

まさかこんな形の初対面になるなんて、思ってもいなかったよ。

「あら、お父様。ずいぶんと手荒なことをするのね？」

ナディお姉さんは、ゲランテに冷たい声を向ける。

「はて、なんのことやら」

（うそつくの、下手《へた》くそか。私でもわかったよ）

ゲランテは言葉ではとぼけているけど、声が少し震えていた。

恐る恐る【魔力視】を使ってみると、ナディお姉さんの重圧はもう収まっていた。

これなら、ゲランテの言葉がうそかどうか、よりわかるようになる。

私の目は……見えないけど、誤魔化《ごまか》せないよ。

「まぁいい。ソレを『選定の儀』に連れていく。二日後だ」

自分の娘をソレ呼ばわり……こんなのを父親だとは思いたくない。

ゲランテの発言に、リードは驚いたような声をあげる。

「なに!?　父上、本気か!?」

「ああ、本気だとも」

ゲランテは平然と答えている。ゲランテとリードは同じ考えなんだろうと思っていたけど、実際は違うのかな？　それとも、意見が食い違ったふりをしているだけ？

まぁどっちでもいいか。私が聞いたところで、答えてはくれないだろうし。

……それにしても、この違和感はなんだろう。

（ちくちく刺さるみたいな不快感……）

ナディお姉さんと話す……というか言い争うゲランテの言葉には、どこかにうそが混じっている。だけど、それがどこなのかがわからない。

「……私も同道するわよ」

「ふ、好きにしろ。護衛はもう雇《やと》っている。お前の出番はないだろうがな」

口調は普通だけれど、ナディお姉さんが一緒に行くと宣言した瞬間、ゲランテの魔力が大きくブレた。ナディお姉さんについてこられると、何か困ることがあるらしい。

（これだ……その『護衛』に何かある）

ゲランテが雇《やと》ったという護衛は、多分普通の護衛じゃない。

私が考えているうちに、ゲランテは私たちに背を向ける。

「行くぞ、リード……ナディ、それとエリー。屋内で魔法を使ったことは不問にする」

「あら、それはどうもありがとう。濡れたお部屋はどうするのかしら？」

「……メイドを手配する」

ゲランテはナディお姉さんの冷たい問いに短く答え、長居は無用とばかりにリードを連れて去っていった。……私の部屋を掃除してくれるメイドは、エリーしかいないんだけどね。

ゲランテがいなくなったとたん、ナディお姉さんが深いため息をつく。

「それにしても、急に連れていく気になったと思ったら……準備させないつもりかしら」

「お掃除を終え次第、すぐに出発の準備に取りかかります！」

力強いエリーの言葉に、ナディお姉さんの雰囲気が少し和《やわ》らぐ。

「そうね。フィーちゃんも、お部屋に行きましょうか」

ナディお姉さんが、私を抱っこしたまま歩き出した。自力で歩けるんだけどなぁ。

（あぁ、『選定の儀』について聞くのを忘れてた……）

そこでふと思い出した。私には『選定の儀』とやらの知識がまるでなく、未だにどんなものなのかわかっていない。

何かの式典なのか、儀式みたいなものなのか……何も知らずに出かけるのは、ちょっと怖いな。

「ねぇさま。『せんていのぎ』ってなに？」

「……あらやだ、私、教えていなかったかしら？」

私が質問した瞬間、ナディお姉さんが動きを止めた。私が普通に聞いているから、もう知っていると思っていたらしい。

「『選定の儀』はね、神様から《ギフト》をいただく儀式のことよ。貴族は五歳の誕生日に受けるのが慣例なのだけれど……フィーちゃんは、ちょっと遅れてしまったわね」

「ふぅん」

「ちょっと難しかったかしら？　まぁでも、行けばわかるわよね」

ごめんなさいナディお姉さん、ばっちり理解しています。

私はとっくに五歳の誕生日を迎えているから、本来ならもう『選定の儀』は終わっているはずだけど、ゲランテが参加を拒否し続けたせいで、遅れに遅れていたというわけね。

ついでに、もうひとつ聞いてみよう。

「ねぇさま。ぎふとって？」

「《ギフト》は、個人ごとの特殊《とくしゅ》な能力のことよ。基本的に、一人につきひとつ、神様から与えられるの。稀《まれ》に、私みたいに複数持っている人もいるようだけれど」

（……もう、ナディお姉さんに常識は通用しないんじゃ……）

魔法の適性といい、《ギフト》の数といい……ナディお姉さんはやっぱりすごい。

私がナディお姉さんの規格外っぷりに驚いていると、エリーが「あれ？」と声を漏らした。

「ナディさまは《加護《かご》》もお持ちですよね？　《加護》と《ギフト》は同じなのですか？」

「違うわよ？　《加護》というのは、ギフトとは違って、魔法の威力や精度を底上げするもので、神様に気に入られた証《あかし》。私は《水神《すいしん》の加護》の他に、《ギフト》を二つ持っているのよ。《ギフト》は、《水辺《みずべ》の舞踏《ぶとう》》と《覇気《はき》》の二つ。制限もそれなりにあるけれど、便利な能力ね。言ってなかったかしら」

「は、初耳ですよぅ！」

ナディお姉さんがさらりととんでもないカミングアウトをして、エリーが激しく驚いてる。

「ねぇさま、すごい」

「あら、ありがとう。フィーちゃんはどんな《ギフト》をいただけるかしらね？　《ギフト》は得意なことや強く望んだことが反映されることが多いのよ。私の《水辺の舞踏》は、水のあるところで身体能力の大幅な強化ができる能力。《覇気》は、威圧することで、魔力量が少ない相手を一時的に封じ込めることができるの」

なるほど、リードの魔法が発動しなかった理由は、《覇気》だったんだ。

それにしても、私の能力かぁ。私の《ギフト》も、便利なやつだといいな。

「さてと。フィーちゃんのお部屋は、お片付けに時間がかかるでしょうから、私のお部屋にいらっしゃい！　ちょっとだけ散らかっているけれど……」

そう言われて連れていかれたナディお姉さんの部屋は、【空間把握】では捉《とら》えきれないほどのもので溢《あふ》れかえっていた。まず、床がどこだかわからない。

空《あ》き部屋に私を置いておくよりは安全だと判断したらしいけど……人はこの惨状《さんじょう》を、「ちょっとだけ散らかってる」とは言わない。それでも、私には見えていないと思っているナディお姉さんは、片付けようとは思っていないみたい。

「あてっ⁉　何か踏んじゃったわ」

(足の踏み場もないとは、まさにこのこと……)

私はナディお姉さんの言葉を聞いて、心の中で呆《あき》れた。

「私はエリーの掃除を手伝ってくるけれど、フィーちゃんは危ないから、ベッドから動いちゃだめよ？」

「うん」

私をベッドに下ろしたナディお姉さんは、私の部屋を片付けるために出ていった。動くなと言われたからには動かないけど、せめて手の届く範囲に何があるのかだけは知りたい。

あちこちに手を伸ばして、【空間把握】も使って確かめていく。

(クッション？　……ぬいぐるみかな？　こっちは硬い瓶《びん》？　香水かな)

ベッドの上だけでもこの散らかりよう……確かに、私がうろうろするのは危険すぎる。

(おとなしくしておこう……)

結局、この日はナディお姉さんが戻ってくるまで、私はベッドから一歩も動けなかった。

そして二日後。

あっという間に、私が『選定の儀』のために出発する日がやってきた。『選定の儀』はこの近所ではなく、王都というところで行《おこな》うらしい。ほぼ一日かけて移動するんだとか。

エリーに支度《したく》を整えてもらったあと、ナディお姉さんが部屋に来た。

「おはよう、フィーちゃん！　いよいよね」

「おはよう、ねぇさま」

人生初のお出かけがいきなり遠出なのは不安だけど、私にはナディお姉さんがついている。だからきっと大丈夫。

なんだか硬い服を着たナディお姉さんに抱き上げられて、馬車が用意されているらしい玄関に向かう。

そこには複数の人の魔力反応があって、ゲランテやリードもいた。

見慣れない反応は、ゲランテが雇《やと》ったという護衛？　属性が全員水なのは、私へのあてつけか、それとも水以外は必要ないと思っているのかな？

（……でも正直、そんなに強くなさそう）

護衛というから、ガッチガチの強そうな人たちを想像していたんだけど……ここにいる人たちは、みんな線が細くて魔力量も少ない。

これなら、まだリードの魔力のほうが、強そうな反応をしてるよ。

（ナディお姉さんに相談したい……でも、今【魔力視】のことを話すと、ゲランテにも聞こえる。出発前に、余計な波風は立てたくない）

ゲランテとリードが、やたらこっちを見ている気配がする。迂闊《うかつ》に自分の能力について話して、言いがかりなんてつけられたらたまったものじゃない。

私が考えていると、ナディお姉さんが心配そうに声をかけてくる。

「どうしたの？　フィーちゃん。何か気になる？」

（ゲランテたちに怪しまれない、何か他の話題……ん？　そういえば……）

適当に話題を作ろうとしたら、ふとおかしなことに気が付いた。

「うま……いないの？」

お出かけは馬車を使うと聞いていた。【空間把握】でも車輪つきの箱をいくつか捉《とら》えている。

だけど、肝心の馬がいない。この屋敷にいる馬も、いつもの場所から動いていない。

「馬？　あぁ、魔法馬車にはいらないのよ。魔力で動く仕組みだから。普通の馬車よりも速くて休憩もいらないから、最近貴族の間で流行しているのよ。馬の声が聞こえないから、フィーちゃんは不思議に思ったのね」

ナディお姉さんは、そう教えてくれた。私は納得して頷く。

「そうなんだ……」

馬が曳《ひ》かないのに馬車って呼んでいいのかどうかはともかく、なかなかハイテクなものがあるんだね。

「いよいよですね、フィリスさま、ナディさま！」

私とナディお姉さんが話していると、エリーも合流した。気合い十分なエリーに、ナディお姉さんも力強く言う。

「ええ、そうね。気を引き締めていきましょう」

「はい！」

エリーが元気に答えたところで、私たちのもとにゲランテがやってきた。

「揃ったな、行くぞ……ナディ、ソレはこちらだ」

「い・や・よ！　フィーちゃんをソレ呼ばわりするような人と、一緒にするはずがないでしょう！　私の馬車に乗せるわ！」

「……まぁ、いいだろう。出発だ」

ナディお姉さんに、ぎゅっと抱きしめられる。私もゲランテと一緒なんて絶対にいやだったから、自分の馬車を用意してくれたらしいナディお姉さんには感謝だね。

ナディお姉さんの馬車に乗り込んだのは、私とエリー。それと、外にある椅子みたいなところに、さっき視た護衛のうちの一人が座った。

（……あれ？　この人、護衛じゃなくて御者《ぎょしゃ》？）

残りの人は後ろの馬車……って、あれれ？　全員座ってる？　前世で読んだファンタジー小説では、護衛といったら馬で並走して、馬車を守ってた気がするんだけど。私が想像していたのと違う。

すると、ナディお姉さんが深いため息をついた。

「護衛も馬車に乗せるなんて……お父様、貴族の自覚はあるのかしら？　あれじゃあ、襲撃されても対処できっこないわよ……。馬車の出入り口はひとつしかないから、何かあったときにすぐに外に出て戦えないじゃない」

やっぱり、ゲランテはおかしなことをしているらしい。エリーが不思議そうに尋ねる。

「ゲランテさま方は、魔法を使えるからではないでしょうか」

「魔法は万能ではないのだけれど……それに、お父様もそこまで強くないわよ？　お兄様といい勝負じゃないかしら」

それはちょっと……リードの魔法は、ナディお姉さんの足元にも及ばない。ゲランテも同レベルだとしたら、確かにそんなに強くない。

ナディお姉さんは座席に身を預けて、私を撫でまわしながら続ける。

「数だって少ないし、何より、あの子たち騎士の見習いじゃない！　経験も少ないでしょうに、なんで連れてきたのよ……。それとも、襲撃されない自信でもあるのかしら。だとしたら、大した自信家だわ」

（……すごく不安になってきた）

私が思わず眉をひそめていると、馬車が動き出した。

今さら新しい護衛なんて雇《やと》えないし、何も問題が起きないように祈るしかない。

……なんて思ってたけど、出発してすぐに大問題が発生した。

「うえ……」

（酔った……整備されてない道がこんなに揺れるなんて……気持ち悪ぅ）

馬車は予想以上にガタガタと揺れながら進む。

目が見えない私は、平衡感覚《へいこうかんかく》が簡単におかしくなってしまう。それに、衝撃が直《じか》に伝わる馬車の構造と、ぼこぼこの道が追い打ちをかけてくる。

出発前にエリーにもらっていた酔い止めは、残念ながら効果を発揮《はっき》していない。

「フィーちゃん、大丈夫かしら……。私でも、最初は酔ったもの。慣れない馬車は辛《つら》いわよね」

「お顔の色がすごいことに……」

ナディお姉さんとエリーの、心配そうな声が聞こえる。

ぐわんぐわんと頭が揺れる感覚が、ものすごい吐き気を誘発して、とてもじゃないけど返事ができない。流石《さすが》に吐くのはマズいと思って耐えてるけど、もう私の胃は決壊寸前。どこかで休憩を挟まないとヤバい。

……だというのに、現実は無情だった。

「魔法馬車だから馬の休憩はいらないし、お父様のことだから、初めて馬車に乗るフィーちゃんの体調のことなんて考えていないだろうし……困ったわね」

ナディお姉さんが口にした内容は、私を絶望させるのに十分だった。

……今日一日どころか、この一瞬を耐えられるかすら怪しいのに。

(きゅ、休憩なし？　うそでしょ……)

気持ち悪いと思うと余計ヤバそうだから、なんとか他のことを考えようとしてみたけど……無理だった。

いよいよ限界……というタイミングで、ナディお姉さんがパンッと手を打つ。

「あ、そうだわ！　フィーちゃん、ちょっとごめんなさいね」

（？　ナディお姉さん、何して……）

ナディお姉さんは、私の頭を包むように手を添える。

するとほどなく、じんわりと温かい魔力が私に流れ込んできた。

（……あれ、気持ち悪さがなくなっていく……むしろ、ちょっと気持ちいい）

ナディお姉さんの魔力が私を覆《おお》い、あれほどひどかった吐き気がうそのように治まっていった。

「学園にいたときに読んだ本に書いてあったことだけれど……うんうん、顔色がよくなってきたわね！　魔力で感覚を補助する……騎馬に慣れていない新兵の訓練に重宝《ちょうほう》している、だったかしら」

学園に通っていたときに読んだ……って、ナディお姉さんは三年も前に卒業してるはず。

貴族の女子には関係なさそうなことまで覚えているなんて、どんな記憶力をしてるんだろう。

でもまぁ、ナディお姉さんのおかげで、酔わずにいられる方法はわかった。

幸い私は、魔力操作には自信がある。ナディお姉さんがやっているみたいに、感覚補助をイメージして、全身の魔力の流れを調整してみよう。

（体のバランスを感知しているところだから、イメージするのは三半規管《さんはんきかん》……そうだ、【空間把握】で視覚を補《おぎな》えば……うん！）

よし、結構簡単にできた。ナディお姉さんの補助がなくなっても、同じように魔力が流れる感覚が維持できてる。【空間把握】は狭い馬車の中ではいらないと思っていたけど、必要だね。擬似的とはいえ周囲のものの位置がわかるから、揺れても平衡感覚《へいこうかんかく》を失わない。

私が魔力操作の出来に満足していると、ナディお姉さんが息を呑んだのがわかった。

「驚いた……フィーちゃん、もう自分で感覚補助をしているわね。なんて学習能力の高さなのかしら」

「天才ですか」

「ええ、天才ね！　すごいわフィーちゃん！」

ナディお姉さんとエリーが、天才天才と連呼しながら私を撫でまわす。私は大人の思考を持ってるから、ズルみたいなものだと思うけど。

……変に怪しまれるよりは、天才設定のほうがいいのかな。

「フィーちゃん、疲れたらコレを飲みなさいな。ちょっと苦いかもしれないけれど」

ナディお姉さんが、私の手に何かを握らせた。冷たくて硬い……ガラスの小瓶《こびん》かな？

「なにこれ」

「マナポーションよ。魔法使いには必須の、飲めばすぐに魔力が回復する薬なの。仕方のないことだとはいえ、ずっと魔力を使い続けると倒れてしまうわ」

さらにナディお姉さんは、自分がつけていた小型のポーチのようなものを外して、それを私の腰に括《くく》りつけた。

「限界まで魔力を消費すると、回復するまで目が覚めないのよ。このポーチの中にも同じものが入っているから、ちょっとでも疲れたら、すぐに飲むこと。いいわね？　フィーちゃん」

「はい、ねぇさま」

「よろしい！」

今まで魔法を使っていて疲れたことはないけど、ナディお姉さんの言うことには従う。外出先で目が覚めなくなるのはマズいからね。

それからは何事もなく馬車は進んだ。馬車酔いから復活した私は、ナディお姉さんとエリーにおとぎ話の読み聞かせをしてもらっている。

精神は大人だし、読み聞かせなんてされても……なんて思っていたけど、実際聞いてみるとすごく面白かった。バカにしてごめんなさい。

（エリーって、お芝居《しばい》が上手なんだ）

ナディお姉さんのナレーションに合わせた、エリーの迫真の演技。見えていないのに、その情景が浮かんでくる。

いろいろ聞かせてもらった中で、森に住む妖精が大きな狼と一緒に旅をする物語が、私のお気に入り。主人公の妖精が私と同じ白銀の髪をしてる……というところで、自分と重ねて楽しめたからかも。

さぁもっと！　……と思ったところで、役を演じていたエリーがギブアップ。荒い息を吐いている。

「す、すみません。疲れましたぁ……」

「三作品くらい演じきったものね。お疲れ様、エリー」

ナディお姉さんが、エリーを優しく労《いたわ》った。残念だけど、エリーに無理はさせられない。

そして、そろそろおなかが空《す》いてきたな……とか思い始めたとき。

私のほうをじーっと見ていたナディお姉さんが、ツンツン、と私の頬をつついた。

「うーん……やっぱり、ずっと魔力を使っているわねぇ。フィーちゃんの魔力量ってどうなっているのかしら。朝に屋敷を出て、もうお昼よ？」

「マナポーションを使ったからではないのですか？」

「それが、全然飲んでいないのよ。ほら、一本も減っていないでしょう？」

首を傾げるエリーに、ナディお姉さんは私の腰のポーチを開いて中を見せる。

「あ、本当ですね……」

エリーもそれを見て驚いているみたい。

ナディお姉さんは、私が一向にマナポーションを飲まないことを疑問に思っているらしいけど、今のところ不調は感じていない。

……むしろ、ちょっと元気になってるくらいなんだよね。

ナディお姉さんは、ほぅ、とため息をつきながら私の頭を撫でまわす。

「私でも、半日魔力を使い続けたら倒れてしまうわ。フィーちゃんは、もう私よりも魔力量が多いのかもしれないわねぇ……」

「それは……とんでもないことなのでは」

呆然と言うエリーに、ナディお姉さんは頷く。

「そうね。将来は稀代《きたい》の魔法使いになるわよ、きっと」

すでに魔力量がナディお姉さんを超えているのなら、将来の私はどうなるんだろう。

もし目が見えるようになったら、期待されているみたいに、魔法陣を勉強して魔法使いになるのもいいかも。夢が広がるなぁ。

あれやこれやと私が将来図を描いていたら、ナディお姉さんが何かを見つけたらしい。

「あら、イタサが見えてきたわね」

「いたさ？」

聞き慣れない名前に、私は聞き返した。ナディお姉さんは穏やかに答えてくれる。

「そう、イタサの街。王都と伯爵領を結ぶ街道が通っていて、この辺《あた》りで一番大きな宿場街よ。ご飯がとっても美味《おい》しいから、フィーちゃんも気に入ると思うわ！」

「へぇ」

街の名前だったんだ。なんだかちょっと、変な発音だけど。ご飯が美味《おい》しいと聞いたとたん、私のおなかがきゅぅ……と音を立てて、馬車の中が笑いに包まれた。うわぁ、恥ずかしい。

私は顔を熱くしながら、ふと気が付く。

（ん？　急にガタガタしなくなった？）

馬車が急にスムーズに走り出した。さっきまで、お尻が大変なことになりそうなほどの揺れだったのに。カタカタと一定のリズムで振動してるから……この辺《あた》りの道路は、石畳《いしだたみ》で舗装《ほそう》されているのかも。

……ずっとこんな道なら、私が酔うこともなかった気がする。

私がそう感じていると、ナディお姉さんは大きなため息をついた。

「本当、イタサは快適よね。お父様も、パーティーにばかり参加していないで、領内の街道くらい整備したらいいのにねぇ」

「お忙しいのでしょうか」

「いーえ、面倒臭《めんどうくさ》がりなだけよ。整地の嘆願書だって、いったいどれだけ溜め込めば気が済むのかしら」

ナディお姉さんはエリーの問いに答えながら、ぷりぷりと怒っている。

ここまでの道中が荒れ放題だったのは、ゲランテが仕事をさぼった結果だったらしい。

領民のお願いも無視し続けて……いつか反乱起こされても知らないからね。

私が呆《あき》れていると、馬車は徐々に速度を落としていく。

（あ、ゆっくりになった。もう着いたのかな？）

「……まぁいいわ。お父様は変に見栄を張りたがるから、今回も高級宿を貸し切っているはずよ。ふふ、美味《おい》しいご飯で気分転換ね！」

ナディお姉さんは、もうご飯のことしか考えてない。引き寄せられるように、魔力が馬車の外に向いている。

「私、イタサは初めてなので気になります」

「エリーも絶対気に入ると思うわよ？　いい街だもの」

目が見えたら、どんな景色が広がっていたんだろう。私もすごく気になるけど、残念なことに街並みを見ることはできない。

こうなったらせめて、ご飯だけでも堪能《たんのう》してやるんだから！　……と、意気込んでから数分後。

（人が多すぎる……これが街）

街に着いた瞬間から、視界が様々な色で埋め尽くされた。【魔力視】に映る人の数が半端ない。

真っ暗な視界に慣れてしまっていたから、たくさんの色が溢《あふ》れる環境は頭が痛くなる。

というわけで、【魔力視】は切って【空間把握】だけで過ごすことにした。

（……抱っこされてるから、私は何もする必要がないんだけどね）

馬車を降りてからは、ずっとナディお姉さんが私を抱っこして移動している。自分で歩いてみたいけど、ナディお姉さんは下ろしてくれない。

体は五歳だし、仕方ない。恥ずかしいのは我慢我慢。

しばらくナディお姉さんは歩き、壁の前で立ち止まった。

「ここよ。さ、行きましょうか！」

そう言って、ナディお姉さんはずんずんとその中に入っていく。ただの壁かと思っていたら、なんと【空間把握】で感知していたもの全てが、宿の一部だった。

(……どれだけでっかいの、この宿)

先に入っていたらしいゲランテと、従業員らしき人が話している横を、ナディお姉さんは勝手知ったるとばかりにずんずん歩いていく。

一緒に食事をとるんじゃないのかな。いや、一緒にいたいわけじゃないけど。

少しして、まっすぐ突き進んでいたナディお姉さんが、急に足を止めた。

「あら、さっそくお出ましかしら?」

(お出まし……?)

私は首を傾げる。誰か来たみたいだけど、ナディお姉さんの声は弾《はず》んでいた。苦手な相手じゃないらしい。

すると、カツッ、カツッと、荒くヒールを鳴らす音がして、大きな声が聞こえてきた。

「来たわね! 毎回貸し切りの迷惑貴族!」

「相変わらずねぇ、エリステラ。貸し切りにしたのはお父様よ。私は関係ないわ……って、これも毎回言っているけれど」

「一緒に来ているんだから同じよ! 今日一日、この食堂には他のお客様が入れないんだからね?」

ナディお姉さんが馬車で言っていた通り、ゲランテはこの宿……正確には、食堂がある一角を貸し切っているみたい。

そして、声の主《ぬし》は、エリステラという人物らしい。

ナディお姉さんはケラケラ笑って受け流しているから、エリステラさんはケンカを売っているわけではないのかな。

「全く貴女《あなた》は……って、あら？　ずいぶん可愛らしいお客様ね。その子が、貴女《あなた》がよく話していた、フィリス？」

ため息をついていたエリステラさんは、私に気が付いたらしい。そんなエリステラさんの前に、ナディお姉さんがずいっ！　と私を突き出した。

「えぇ！　とっても可愛いでしょう？　それに、フィーちゃんは天才なのよ」

脇《わき》の下に手を入れられて、足は完全に宙に浮いている。下が見えないからすごく怖い。

というか、ペット自慢じゃあるまいし……見せられたエリステラさんは、どんな気持ちなんだろう。

「姉バカね。けどまぁ……可愛いことは認めるわ」

「でしょう！」

「どうして貴女《あなた》が得意げなのよ！　……フィリスも困った顔をしてるわよ」

なぜかナディお姉さんが胸を張る。エリステラさんのため息と呆《あき》れた声が聞こえてきた。

普段感情がわかりにくいとエリーに言われる私も、顔に出てしまっていたらしい。

……それよりも、私には重大な問題があった。

(ナディお姉さんとエリステラさんは、背格好が似てる……並んでいたら【空間把握】だけじゃわからないかも)

いくら盲目とはいえ、姉と初対面の人を間違えるのはマズい。幸い貸し切りなだけあって、ここは人の声や気配が少ないから、【魔力視】を使っても大丈夫だと思う。

ということで【魔力視】を使った瞬間、視界が真っ赤に染まった。

(……うわ!?)

その赤色の正体は、私の正面にいたエリステラさんの魔力の色。

すごい……エリステラさんは、隣に立っているナディお姉さんに負けず劣《おと》らずの魔力量を持っているみたい。絶対に混ざらない赤と青の魔力がきれい。

(初めて視た……けど)

赤く燃えるように揺らめいているから、魔力は火属性で間違いない。だけどこれは、人が火だるまになっているようにも視えなくもない。

魔力だって知らなかったら、かなり驚く光景だなぁ。わかっていてもちょっと怖い。

……この辺は、だんだん慣れていくしかないかな。

私が少し動揺していると、エリステラさんは私たちに背を向けた。

「立ち話もなんでしょ。ついていらっしゃい」

「ええ。エリー？　行くわよ」

「あ、はい！」

エリーはずっと静かだったけど、どうやら窓の外を眺めていたらしい。ナディお姉さんに呼ばれて、慌《あわ》ててついてきた。

そしてエリステラさんに案内されたのは、とんでもなく大きな部屋。【空間把握】の感知範囲に、縦長の部屋全てが収まっていない。

（それにこのにおい……料理が置いてある？）

ということは、真ん中に鎮座《ちんざ》する長ーいテーブルは食卓？　何人座れるんだろう。

普段はそこまで広くない部屋で過ごしているから、落ち着かない。

「……その子、初めて来たから不安なんじゃない？　挙動不審になってるわよ」

エリステラさんには、私が不安がっていることがわかったらしい。ナディお姉さんが優しく私を撫でてくれる。

「そうかもしれないわねぇ。フィーちゃん、私がついているから安心してね」

「うん……」

私が頷くと、ナディお姉さんは思い出したように言う。

「そういえば、まだフィーちゃんに、エリステラのことを紹介していなかったわね」

「は？　貴女《あなた》、知らない人の前に突き出してたの!?　フィリスだって困惑するでしょう！」

「……教えたつもりになっていたのよねぇ。どうしてかしら」

「知らないわよ、そんなこと……」

ふとナディお姉さんが漏らした言葉に、エリステラさんが激しくツッコミを入れた。

ナディお姉さんは、たまに私に教えるはずだったことを忘れて、だいぶ経ってから突然思い出すことがある。

今回は、エリステラさんが目の前にいるときに思い出したからいいけど……

私がこっそりため息をつくと、ナディお姉さんは改めて私のほうを向いた。

「じゃあフィーちゃん、紹介するわね。彼女はエリステラ・ジェイファー。私の学園時代の同級生でライバルよ。このお宿を営《いとな》む商会の娘なの。爆炎《ばくえん》系の魔法が得意なのよね」

「爆炎《ばくえん》系しか使えないのよ！　……まぁその、よろしく、フィリス」

「はい」

エリステラさんが、両手で優しく私の手を包み込んだ。体温が高いのか、ナディお姉さんよりも熱い。でも子供に慣れていないのか、恐る恐る私に触《ふ》れてるような気がする。思ったよりも慎重な人なのかもしれない。

ということで……私は、そんなにおっかなびっくりじゃなくても大丈夫ですよ、という意味を込めて、エリステラさんの手を握り返した。

「あ……ふふふ、可愛い」

「でしょう！」

「だから、どうして貴女《あなた》が得意げなのよっ！」

（仲いいなぁ……）

ナディお姉さんとエリステラさんは、口ではすぐ言い争いになるけど、お互いに向ける感情はすごく優しい。これはあれかな、ケンカするほど仲がいいっていうやつ。

私がなんとなく微笑ましい気持ちになっていると、ナディお姉さんはふと口を開く。

「そういえば、お父様はまだ来ていないのね」

「うちに泊まってる貴族の方にでも、挨拶《あいさつ》しに行ったんじゃないの？」

エリステラさんの言葉に、ナディお姉さんは納得したらしい。

「あら、そう。なら、先にいただいてしまいましょうか。フィーちゃんもおなかが空《す》いているのよね？」

「うん」

私は頷いた。ナディお姉さんが言う通り、とてもおなかが空《す》いている。というか、この暴力的なまでの美味《おい》しそうなにおいには我慢できない。

ゲランテたちを待っていたら、いつまでお預けにされるかわからない……ということで、一足先に食事を済ませることにした。

（いただきます）

いつものように、ナディお姉さんがスプーンで私の口にご飯を運んでくれる。

「ナディ、貴女《あなた》ね……メイドがいるのに、なんで貴女《あなた》がフィリスにご飯をあげてるのよ！なんのためのメイド!?」

エリステラさんは深いため息をついているけど、ナディお姉さんは当たり前のように答える。

「だって、可愛いじゃない？」

「いつものことですので……もう慣れました」

エリーはといえば、私の食事が始まった瞬間には、ポットの用意を始めていた。言葉通り、もう慣れてしまったらしい。

エリステラさんは、呆《あき》れたように口を開く。

「……姉バカも、ここまでいくと清々《すがすが》しいわね。羨《うらや》ましさすら覚えるわ」

「それならエリステラも、妹がほしいってお願いしてみたらいいんじゃないかしら？」

「無茶言わないでよっ⁉」

とんでもないことを言うナディお姉さんに、悲鳴のように声を荒らげるエリステラさん。

こんなに騒がしい食事は初めて。前世の記憶にある食卓も、こんな感じだったっけ。

楽しい食事は、あっという間に終わった。時間が早く流れたような気もする。

「おいしかった、です」

「そう？　お口に合ったようで何よりだわ」

私が言うと、エリステラさんは優しく答えてくれる。

私たちが食事を終えたタイミングで、ゲランテとリードも食堂に現れた。

先に私たちが食事をしていたのが気に食わなかったのか、リードは子供のように喚《わめ》き散《ち》らす。

せっかく楽しい雰囲気だったのに……と思っていたら、ナディお姉さんが静かにキレて魔法を発動させようとした。

それを見かねたエリステラさんが、私たちを別室へと連れてきてくれる。

「なんだか、リード、前に来たときよりもひどくなってない？　あれじゃまるで、子供の癇癪《かんしゃく》じゃないの」

ゲランテとリードから離れて腰を落ち着けたところで、エリステラさんがナディお姉さんに尋ねた。というか、エリステラさんも、年上なはずのリードを呼び捨てにしてるんだ。

ナディお姉さんは荒れた心を落ち着かせるためなのか、私の頬を揉《も》みながら答える。

「身内として、恥ずかしい限りだわ。嫉妬《しっと》なのでしょうけれど、醜《みにく》いわねぇ」

「嫉妬《しっと》？　何に？」

「それはもちろん、フィーちゃんにでしょうねぇ」

「フィリスに嫉妬《しっと》……まさか、五歳の子供相手にそんな。貴女《あなた》がそう思ってるだけじゃないの？」

「残念ながら違うわね。幼いフィーちゃんに攻撃魔法を撃つくらいには、お兄様も子供よ」

「何よ、それ……」

エリステラさんは、唖然《あぜん》としている。改めて聞くと、リードがずいぶんとバカなことをしてるのがわかる。でも、私に嫉妬《しっと》をする理由が思いつかない。

そう思っていると、ナディお姉さんが再び話し始めた。

「フィーちゃんは、もう魔法が使えるのよ。魔力量も超一流。それなのにお兄様は、フィーちゃんが盲目であるという一点だけを見て、自分のほうが優《すぐ》れていると思い込んでいるのよ」

（なにそれ……）

私だって、好きで盲目に生まれたわけじゃないし、魔力量だって生まれつきのもの。なのに勝手に嫉妬《しっと》してるリードが、いっそ哀《あわ》れにも思えてきた。

そんなことを考えていたら、突然エリステラさんが悲鳴をあげる。

「……って、ちょっと待って。フィリスって魔法が使えるの!?」

「ええ。だから言ったでしょう？　フィーちゃんは天才よ、って」

「なんてこと……貴女《あなた》の妄言《もうげん》かと思ってたわ……私が初めて魔法を使ったのは十歳よ？しかも何年も勉強して、やっと使えるようになったのに……」

前にエリーに言われたときにも思ったんだけど、普通は魔力を持っているだけじゃ魔法は使えなくて、何年か勉強して、やっとできるようになるっぽい。

私もなんで自分がスムーズに使えたのか、わかっていないんだよね。

……ナディお姉さんに聞いても、「天才だから！」としか返ってこないし。

エリステラさんはしばらく呆然としたあと、「まあ、それはいいわ」と、話題を変えた。

「それにしても、意外ね、ナディ。貴女《あなた》なら一人でも、フィリスを王都に連れていけるでしょうに」

「もちろん初めはそのつもりだったわよ。でも、お父様が来てしまったからには、勝手に行くわけにもいかないのよねぇ……」

本気で面倒臭《めんどうくさ》そうな、ナディお姉さんの声。

今回のお出かけは、対外的にはゲランテの用事ということになっているらしい。ナディお姉さんや私は、その連れのような扱い。

ナディお姉さんは無視したかったそうなんだけど、ゲランテとリードは、あれでも伯爵とその嫡男《ちゃくなん》。無視するわけにはいかなかったんだって。

勝手に予定を組んだゲランテに、ナディお姉さんはまだ納得していないみたい。

「貴族も大変ね」

同情するように言うエリステラさんに、ナディお姉さんは頷いた。

「本当に。しがらみが多いって大変なのよ」

それからしばらく、ナディお姉さんの愚痴《ぐち》が続いた。

いろいろ溜まっていることがあるんだろうなぁ。

そして、あっという間に出発の時間。

「今日は楽しかったわ。またいらっしゃいな、フィリス。貴女《あなた》がどんな《ギフト》をいただけるのか、楽しみにしているわ！」

「はい」

私たちはエリステラさんに見送られ、王都を目指してイタサを発《た》った。

すでに長旅をしているような気分だけど、まだ道のりは半分以上残っているらしい。もう休憩はないかもしれないということだったから、今回は初めから【空間把握】と酔い防止の感覚補助をフルパワーでやっている。

イタサを越えて王都へ向かう道は、ずっと石畳《いしだたみ》が敷いてあるのか、そんなに揺れない。ゲランテが、どれだけ整地をさぼっていたのかがよくわかるね。

ナディお姉さんは私を抱きながら、窓の外を見てポツリと呟いた。

「そろそろ深緑《しんりょく》の谷《たに》かしら。今日は待たずに進めるといいわねぇ」

「しんろく……の、たに？」

聞き慣れない単語だったから口に出してみたけど、ちょっと噛んだ。五歳には難しい発音だったみたい。

「ふふっ、『しんりょくのたに』よ、フィーちゃん。この先に大陸を縦断する、大地に走った巨大な亀裂《きれつ》みたいな谷があるの。そこは深い緑色に見えるから、そんな名前がついたらしいわ。エイス王国には、谷に架《か》かる橋が一本しかないから、毎回混雑してしまうのよね」

「『エイス王立魔法橋』でしたっけ……」

「そうよ、エリー。『エイス王立魔法橋』はその昔、深緑の谷の両側の地面を魔法で伸ばして、何年もかけて橋の形にしたものなの。それまでは谷を隔《へだ》てて別々の国があったのだけれど、橋ができてから今のエイス王国になったのよ。古い橋だから、一度に渡れる馬車や人の数は制限されていて、毎回大行列に巻き込まれるのが難点ね……」

ナディお姉さんはそうぼやいたあと、話を続ける。

「深緑の谷は謎が多すぎて、どんな風になっているのか、何が棲《す》んでいるのか、詳《くわ》しくわからないのよ。強いドラゴンがいる……なんて噂は、よく聞くけれど」

「ど、ドラゴンですか……橋まで飛んでくる、なんてことないですよね？」

エリーが恐る恐る聞くと、ナディお姉さんは安心させるように言う。

「そんな話は聞いたことがないわねぇ。亜飛竜《ワイバーン》ならたまに飛んでくるけれど、空を飛ぶ大きなトカゲ程度なら、私一人でも倒せるわ」

ドラゴン……そんなのもいるんだ。

どうやらこの世界には、前世では架空《かくう》の生き物だったものが普通に存在しているらしい。

見てみたい気持ちと、会いたくない気持ちが、私の中でせめぎあっている。

(というか、私は人以外の生き物のこと、ほとんど知らないな)

馬車の旅はまだまだ続くみたいだし、暇だからナディお姉さんに聞いてみようかな。

「ねぇさま、ほかに、どんなのがいるの？」

「あら、フィーちゃんはドラゴンに興味があるの？　そういえば、フィーちゃんには魔《ま》物《もの》のことは教えていなかったわね。ドラゴンもいいけれど、ちょっとお勉強しましょうか」

「うん！」

よし狙い通り。人と馬しか知らないなんて、どう考えても知識が足りない。

ナディお姉さんは人に教えるのがうまいから、この際全部教えてもらって覚えよう。

「まず、動物といっても種類があるのよ。獣《けもの》、聖獣《せいじゅう》、それと魔獣《まじゅう》……魔物と呼ばれることもあるけれど、だいたいはこの三つに分類されているの」

「けもの、せいじゅー、まもの……」

「そうそう、その三つね。獣はフィーちゃんも知っている、特別な力を持たない生き物よ」

ナディお姉さんによると、獣っていうのは、家畜や馬、犬とか猫みたいな、前世でいう一般的な動物のこと。ただし前世では聞いたことのないやつもいて、なんとドラゴンも獣らしい。

ドラゴンは炎《ほのお》を吐くこともあるそうなんだけど、それは魔法じゃなくて、実際に体内で炎《ほのお》を作り出しているらしい。

普通の動物は、炎《ほのお》を吐かないと思うんだけど……なんで獣に分類されてるのか聞いてみたら、「聖獣と魔物の特徴がないから」って言われた。……結構ざっくりした分類なんだね。爬虫類《はちゅうるい》とか哺乳類《ほにゅうるい》、みたいな分け方はしていないっぽい。

「聖獣は有名ね。途中で聞かせたおとぎ話にも、聖獣が出てきていたのよ」

「そうなんだ」

ナディお姉さんが言うには、私が好きなお話の狼も聖獣だったらしい。

聖獣っていうのは、人に友好的で、特別な力を持った生き物のこと。

神様に近い存在だともいわれていて、知られている聖獣のほとんどが不老長寿《ふろうちょうじゅ》。中にはおとぎ話や英雄譚《えいゆうたん》に登場するものもいるんだとか。でも数が極端に少ないうえにほとんどが僻地《へきち》にいて、なかなか出会えない貴重な存在だと教えられた。

聖獣は人の言葉を話すことができるそうで、道に迷った旅人が助けてもらった……なんて話もたまに聞くんだって。

「まものは？」

「魔物は……あまりいい存在ではないけれど、覚えておかなくちゃいけないわね」

ナディお姉さんの声が、真剣なものに変わった。

魔物、もしくは魔獣と呼ばれるのは、人に害をなす生き物のことで、人や他の動物を積極的に襲う厄介者《やっかいもの》。

獣との違いは、魔石《ませき》っていう魔力の塊《かたまり》を体内のどこかに持っていて、魔法を使うことができること。あとは、死ぬと魔石だけを残して灰になってしまうこと、らしい。

残った魔石は、魔道具という魔力を使って動かす道具の動力源や、灯《あか》りの燃料として使われるんだとか。私が今乗っている魔法馬車も、魔石が動力源になっているんだそう。

そういうわけで魔物は厄介《やっかい》だけど便利だから、魔物を倒して魔石を売ってお金を稼ぐ、冒険者という職業もあるらしい。

「わいまーんは？」

「普通の獣よ。お肉が美味《おい》しいんだから！」

……ちょっと「亜飛竜《ワイバーン》」を噛んだけど、ナディお姉さんは普通に答えてくれた。

亜飛竜《ワイバーン》は、空を飛ぶのが厄介《やっかい》なだけで、ただの獣に分類されてるらしい。

というか、亜飛竜《ワイバーン》って食用だったんだ。空を飛ぶでっかいトカゲって言ってたよね？　……気が付かないうちにトカゲのお肉を食べてるかもしれないと思うと、少し複雑な気持ちになる。珍味みたいなものだそうだから、私が口にしてる可能性は低いけど。

私が内心渋い顔をしていると、ナディお姉さんは頭を撫でてくれた。

「動物については、このくらい知っていれば大丈夫よ。あとは、そうねぇ……獣人《ビースター》と人化獣《ワービースト》の違いも教えておきましょうか！」

「わーび……？　なに？」

「ふふっ、人化獣《ワービースト》よ、フィーちゃん」

獣人《ビースター》は、人の体に動物の耳や尻尾が生えた姿をしていて、普通の人よりも身体能力が高いそう。動物の強さと人の器用さを併《あわ》せ持《も》った種族なんだって。

魚の下半身をした人魚の獣人《ビースター》なんかもいて、海や湖で凄腕《すごうで》漁師として生活しているらしい。

一方の人化獣《ワービースト》というのは、獣人《ビースター》よりもさらに、動物に近い見た目をした人たち……というか、見た目は二足歩行する動物なんだとか。

人の言葉を話して、人と同じ生活をしているから、ちょっと珍しい人種として扱っているらしい。……もし出会ったら混乱しそう。魔力反応で違いがわかればいいんだけど。

ナディお姉さんは全て話し終えたようで、一息ついてから私に聞く。

「五歳で覚えるような内容じゃなかったのだけれど、フィーちゃんが聞き上手だから、ついたくさん話してしまったわね。まさか、今私が言ったことを全て覚えた……なんてことはないわよね?」

(覚えましたが……)

どれも大事そうな内容だったし。

まぁ、とりあえず、すぐに使いそうなのは人種の知識かな。

出会う前に聞けてよかったよ。いきなり二足歩行の動物を視たら、絶対混乱するもん。

「あ、そうそう。忘れるところだったわ」

ナディお姉さんが、何かを思い出したのか手を打った。

そして、ガサゴソと、自分の荷物をひっくり返して中身を漁《あさ》っている……ような気がする。あとで拾うの大変そうだなぁ。

「あったわ!　フィーちゃん、このペンダントをつけていてね。エリステラに頼んで、用意してもらったのよ」

私の首にかけられたのは、小さなペンダント。いつの間に、用意してたんだろう。

……あれ？　なんでこのペンダントトップは、私の【魔力視】で形がわかるの？

普通の道具は、魔力をまとっていることはないのに。

（なんだろう……不思議な気配がする）

私がそう思っていると、ナディお姉さんが説明してくれる。

「それは、魔力で結界を作り出すことができる魔道具よ。万が一のときは、フィーちゃんを守ってくれるわ」

（そんな便利なものが……）

魔道具って、こんな感じに視えるんだね。白い魔力……覚えておこうっと。

魔力をまとっているおかげで、ペンダントの細かい形までわかる。花弁《かべん》の多い、ダリアみたいな花をモチーフにしているみたい。

ひもは、革《かわ》とは違う丈夫な素材でできていた。これなら、引っ張っても千切れなさそうだね。

「ねぇさま、ありがとう」

「どういたしまして！　魔道具を使うときは、あらかじめ魔力を溜めておく必要があるけれど、フィーちゃんならいつも放出しているぶんで間に合うわね。これを身につけていたら、フィーちゃんが危ないときに、自動的に結界が起動するのよ」

勝手に魔力が溜まってくれるのなら、私も楽でいいな。

結界の効果時間は一瞬だそうだけど、窮地《きゅうち》を救ってくれる効果はすごくありがたい。

「フィーちゃんには危険なことも多いから……それ、取ってはだめよ？　絶対に肌身離さず持っていなさい。身につけていなければ、どれだけ優《すぐ》れた魔道具でも意味がないわ。水に濡らしても大丈夫だから安心してね」

「ふぁい」

ナディお姉さんに頬を揉《も》まれながら返事する。濡れても大丈夫というのは、お風呂のときも外すなって意味だよね。

「よろしい！」

ナディお姉さんが力強く言ったそのとき、馬車が進行方向に少し傾いた。

「うわ」

バランスを崩した私は、向かいに座っていたエリーの胸元に突っ込んでしまう。エリーは、私の体を柔らかく受け止めてくれた。

「おっと。上りになりましたね……結構な急坂《きゅうはん》です」

「……いきなり結界が作動する、なんてことがなくてよかったわ。フィーちゃんには、少しの坂も危険なのね」

ナディお姉さんが、安堵《あんど》の息を漏らした。急な坂道や段差に注意しないと、いつまたこうなるかわからないね。もっと深く座席に座ろうかな。

とりあえず、エリーにお礼を言わなきゃ。

「ありがと、エリー」

「おけががなくてよかったです」

エリーが優しくそう言ったあと、ナディお姉さんが呟く。

「この上り……そろそろ橋に着くわね」

「もう見えますよ！　ってうわぁ、大きな橋ですね……先が見えませんよ」

どうやら、ナディお姉さんが言っていた橋に到着したらしい。

エリーが馬車から身を乗り出して興奮してる。そんなにすごい景色なのかな。

私も見てみたい。けど、それは叶わない……残念。

「常に霧《きり》がかかっているものね。近くに行くと、もっとすごいわよ。それにしても、今日はそこまで混雑していないわね……って、あら？」

（停まった？　【魔力視】には、そんなに人は映ってないけど……）

橋に差しかかった辺《あた》りで、馬車が急に停まったらしい。

混雑しているわけでもないのに停止したことを、ナディお姉さんは疑問に思っているみたい。

外からは、ざわざわと喧騒《けんそう》が聞こえてくる。

「なんだか騒がしいわね……御者《ぎょしゃ》もどこかに行ってしまったし。何かあったのかしら」

馬車を道のど真ん中に放置したまま、ゲランテが雇《やと》った御者《ぎょしゃ》は姿を消してしまった。

不審に思ったらしいナディお姉さんが、様子をうかがっている。

「ちょっと見てこようかしら。フィーちゃん、危ないから馬車から出てはだめよ？　エリー、フィーちゃんをよろしくね」

「うん」

「はい！」

私たちが返事したのを確認して、ナディお姉さんは外に出ていった。開けっ放しにしていった出入り口から、大きくなった喧騒《けんそう》が聞こえてくる。

その声に集中して、断片的にだけど聞き取ってみた。

（『進めない』？　『アイツ』？　『だめか』？　……うぅん、これだけじゃ、なんのことかわからないな）

何かトラブルがあって、先に進めなくなったのはわかったけど……

すると、ナディお姉さんが戻ってきた。慌《あわ》てているようで、魔力が揺らいでいる。

「どうやら、この先に亜飛竜《ワイバーン》が居座っているようなの。私も討伐《とうばつ》に参加することになってしまったから、しばらくここを離れるわ」

「亜飛竜《ワイバーン》！　大丈夫なのでしょうか……」

エリーが心配そうに声をあげるけど、ナディお姉さんは全然動じていない。

「平気よ。あんなトカゲには負けないわ！　ごめんなさい、フィーちゃん。少し待っていてね。すぐ戻ってくるから！」

なんだか大変なことになってきた。

「がんばって、ねぇさま」

私には応援することしかできないけど、少しでもナディお姉さんの力になれたならいいな。

そう思ってエールを送ったら、走っていくナディお姉さんの魔力が、一気にやる気で満《み》ち溢《あふ》れた。

「ええ！　任せなさい！」

……思ったよりも、効果あるんだね。

（あとは、待つだけか……）

ナディお姉さんが【魔力視】の効果範囲から出てしまったから、もう様子を探ることはできない。それなら周囲の状況を感知してみようと思った、そのとき。

ガラガラという激しい音とともに、馬のいななきがすぐ近くから聞こえてきた。

直後、私とエリーが乗る馬車が、凄《すさ》まじい衝撃で揺れた。

「っ⁉　ひゃうっ⁉」

「きゃぁぁぁ⁉」

耳元で、金属や木材が軋《きし》む嫌な音がして、私の体が宙に浮いた。

……と思った瞬間、パリィン！　というガラスが割れるような音がして、私はどこかに強く叩きつけられた。そして、そのままごろごろと転がってしまう。

「あぐっ⁉　ぅあぁぁぁ‼」

さらに、全身の痛みに呻《うめ》く暇もなく、左足に激痛が走った。

（足の上に、何かのってる⁉　重くて抜け出せない……！）

痛みのせいで集中できず、【空間把握】がうまくいかない。

うつぶせの状態でわかるのは、冷たい石の地面に寝そべっているということだけ。

必死に手を伸ばしても、全身に何かが覆《おお》いかぶさっているのか、すぐに障害物にぶつかる。

（これは、馬車の、壁……？　痛っ⁉）

私の上にのっているのは、割れた木材っぽい。私の近くにあった木材は、馬車の壁だけだったはず。腕立て伏せのように、なんとか体を持ち上げられないかと頑張ってみたけど、そもそも全身に力が入らない。

「フィリスさまぁ！　フィリスさまぁぁ！　どこにいらっしゃるんですかぁ!?」

（！　エリー……どこ？）

エリーの悲鳴のような声が聞こえて、そこでようやく、私は何が起こったのかを理解した。

私たちは、どうやら事故に遭《あ》ったらしい。さっきの馬のいななきと衝撃は、別の馬車が衝突したときのもの。叫んでいるということは、エリーは無事だったらしい。

……出入り口の近くにいたエリーは外に放り出されて、奥にいた私はそのまま巻き込まれてしまったってことだと思う。

「ぐぅ……ぁぁぁぁ!?」

そう実感した瞬間、全身がひどい鈍痛《どんつう》に襲われた。

骨折まではしていないみたいだけど、全身を強く打ちつけてしまっていて、自力では動くことも難しい。挟まった左足は、出血しているのかじくじくと痛む。

（痛い……痛い、痛い！）

エリーを呼びたくても、ショックのせいか声が出ない。このままじゃ、私はいずれ死ぬ。

「フィリ……ま……ぁぁ！」

私の名前を叫び続けるエリーの声は、より大きくなった喧騒《けんそう》にかき消された。地鳴りのように、たくさんの人が走る音がする。

「急げぇ！　逃げろぉ！　魔物が来るぞぉぉ！」

「冒険者はいねぇのか!?」

「亜飛竜《ワイバーン》の討伐《とうばつ》に全員出ちまってる！　逃げるぞ！　急げ急げ！」

魔物……！　なんてタイミングの悪い！

ナディお姉さんがここにいれば……なんて思ってしまう。

エリーは戦うのは得意じゃないはずだから、魔物が来たら殺されるかもしれない。エリーだけでも逃げてほしいけど、私を見捨てて逃げるなんてことしないよね、きっと。

（一回だけでいい……大きな声を出したい！）

深く息を吸い込むと、圧迫されていた胸がズキリと痛んだ。でも、これで声は出せる。

「エ、リー……エリー！」

「!!　フィリスさま！」

喧騒《けんそう》の中で、私が掠《かす》れかけの声で発した小さな叫びを、エリーは逃《のが》さず聞き取ってくれた。

ガラガラと瓦礫《がれき》をどける音がして、私の背中から重さが消えた。

「フィリスさま、お気を確かに！　このっ！　うぅーんっ！」

エリーが私の頬に手を添えてから、残る瓦礫《がれき》も取り除いていく。

……でも、手を添えられたとき、エリーから血のにおいがした。素手《すで》で瓦礫《がれき》をどけたせいで、けがをしてしまったらしい。

（ごめんなさい……ありがとう、エリー）

手が傷つくことも厭《いと》わずに、エリーは全力で私を助けようとしてくれる。

あっという間に瓦礫《がれき》が取り除かれ、残ったのは足を挟んでいるものだけになった。

……だけど、どうやらそれは巨大で重いらしく、エリーが踏ん張ってもびくともしない。

「あと、これだけなのにっ！」

エリーが、悔しそうに瓦礫《がれき》を叩く。私も抜け出そうともがいてみたけど、足が挟まっているところが動かない。むしろ、無理に動かすと、けがが広がってしまう。

「っ……フィリスさま、少し我慢してください！」

エリーは乱れた息を整えて立ち上がると、私から少し距離を取った。

「〈水よ集《つど》え、一粒の礫《つぶて》！　撃ち抜け――水弾《すいだん》〉！」

防御型に適性があるというエリーが、唯一使える攻撃魔法の〈水弾〉。

魔法は狙い通り、私の足を押しつぶしている瓦礫《がれき》に命中した……けど、パンッ！　という弾《はじ》けるような音がしただけで、瓦礫《がれき》は全く動いていない。

「そんな……壊せない……」

エリーは、呆然と声を漏らした。

（【魔力視】はなんとか使える。集中しろ、私！）

魔法でも壊せないものって、いったいなんなのか。辛《かろ》うじて【魔力視】は発動できたから、首を精一杯ひねって足元を視る。

エリーの魔法のおかげで、魔力が瓦礫《がれき》を覆《おお》っている……これなら、形がわかる。

（……！　これ、車輪⁉　こんな大きいものが……）

どうりでエリーが動かせないはずだよ。私の足を押しつぶしてたのは、馬車の中で一番大きくて重いパーツなんだから。

だからエリーの魔法じゃ、これを吹き飛ばすには威力が足りなかったんだ。

私の魔法の〈風鎧〉を使ったとしても、これほど大きなものを持ち上げるのは無理。そもそも魔法を使えるほど集中できないし、使えたとしてもエリーの邪魔をしかねない。

めげずに車輪を持ち上げようとしていたエリーが、びくっと体を震わせた。

「ぁ……ま、魔物が……」

とうとう、さっき逃げていた人たちが言っていた魔物が、ここに来てしまったらしい。

(刺すような気配と、動物のにおい……)

背後から、針で刺されているような殺気を感じる。

へたり込んで私の手を握ったエリーは、カタカタと小刻みに震えていた。

(二度目の人生も……事故で終わるの?)

せっかく転生したのに、短い一生だった……なんてアホなことを考えたそのとき、魔物の殺気を押しのけるように、青い魔力が辺《あた》りに満《み》ちていった。

不安や痛みを、全て流し去ってくれるような安心感。

(これは……!　ナディお姉さん!)

「フィーちゃんに、近づくなぁぁぁぁ!」

大きな声が聞こえた……と思った瞬間、何かが連続で炸裂《さくれつ》するような音が響いた。

同時に、私たちの上を赤と緑の塊《かたまり》が次々と飛び越えて、そして消えていった。通り過ぎる一瞬、動物のにおいが強くなったということは……今のは魔物?

「〈穿《うが》て――水針《すいしん》〉!　〈撃ち抜け――水弾〉!」

ナディお姉さんの詠唱《えいしょう》と同時に、何かが弾《はじ》けるような音がする。魔法の存在を知らなかったら、マシンガンを撃っていると思ったかもしれない。それくらい、炸裂音《さくれつおん》が連続で響く。

「すごい……」

さっきまで震えていたエリーも、呆然とナディお姉さんがいるらしい方向を見つめている。

ナディお姉さんが来たのなら、もう安心かな……と思ったら、ナディお姉さんの魔力を突き抜けるようにして、さっきとは別の殺気が私に突き刺さった。

「エリー！　フィーちゃんを隠しなさい！　私のことは気にしなくてもいいわ！」

「は、はい！」

ナディお姉さんに声をかけられて、ぼうっとしていたエリーがビクンと震えた。

でも、隠すっていったって、橋の上は遮《さえぎ》るものが何もない。どうやって動けない私を隠すつもりなんだろう？

すると、エリーが私の背中に手を置いて、スゥッと深く息を吸った。

「〈白き羽衣《はごろも》、不可視の水。惑《まど》わしの霧《きり》よ、我が身を隠せ――霧隠《きりかくし》〉！」

（エリーの魔法……？　って、【魔力視】が使えない!?）

エリーが魔法を使ってすぐに、【魔力視】に映っていた魔力が、靄《もや》がかかったように薄くなっていった。視界全体が、ナディお姉さんのものとは違う魔力反応で埋め尽くされる。

「フィリスさま、私の魔法で姿を隠しております。お辛《つら》いとは思いますが、大きな声は控えてください」

「エリー……わかっ、た」

「……ありがとうございます」

私の手を包むように、エリーが手を添える。冷たくなった私を、温めてくれてるみたいだった。

エリーが使った魔法は、どうやら魔力感覚を攪乱《かくらん》するらしい。私に触《ふ》れているエリー以外の反応は、全く感知できない。

遠くで、ナディお姉さんが戦っている音がする。

……それから、どのくらい経っただろう。

何度か意識が飛びかけて、もう指先を動かすことも辛《つら》くなってきた。

(寒い……左足の感覚はもうない……苦しい)

「魔法を解除します！　もう少し、もう少しだけ頑張ってください！」

エリーの声も、どこか遠くから聞こえているみたいだった。返事をする気力も残ってない。

「フィリスさま？　フィリスさま⁉」

呼吸は浅くなり、冷たくなりすぎた体は、もう震えすらしない。【魔力視】は、とうに使うことができなくなっていた。

「エリー！　フィーちゃんの容態は⁉」

ナディお姉さんの声がする。近くに来てくれたのかな。

「反応がありません！　それに、出血も……」

「マズいわね……！」

顔に手を当てられているようだけど、温度を感じない。触《ふ》れられている体も、自分のものじゃないみたいだった。

「もう意識が……ポーションを飲ませるのは無理だわ！　直接傷にかけましょう」

「はい！」

「お願い、頑張ってフィーちゃん！　まだ逝《い》ってはだめよ！」

ナディお姉さんとエリーが、私の体に何かをかけた。

（？　感覚が……）

するとと、ほんの少しではあるものの、指先に感覚が戻ってきた。ポーションって聞こえたような気がするけど、治療薬なのかな。

思考もクリアになってきて、【魔力視】が使えるくらいには回復した。

「くっ……一本じゃその場しのぎもいいところね……！　エリー、この車輪をどかすわよ！」

「はいっ！」

ナディお姉さんとエリーは、協力して私の足を押しつぶす車輪の撤去《てっきょ》を始めた。二人は周囲にも助けを求めたけど、誰かが近づいてくる音はしない。

「薄情者……！　覚えてなさいよ！」

ナディお姉さんが吐き捨てるように言った。魔法で車輪を吹き飛ばそうにも、ナディお姉さんの魔法じゃ威力が高すぎて、私を巻き込んでしまう。かといってエリーじゃ威力が足りない。人力で持ち上げようとしても、女性二人では力が足りない。再びの窮地《きゅうち》。

「ナディ！」

すると、聞き覚えのある男性の声がした。

（リード？　まさか、助けに……）

「そいつはもう助からない！　どうせ出来損《できそこ》ないだ……助ける必要もない！」

（……なわけないか。うん、知ってた）

今までどこで何をしていたのか、私のピンチに現れたリードは、登場と同時にとんでもないことを言い放った。

一瞬でも、助けに来てくれたなんて思った私がバカだった。リードの魔力は侮蔑《ぶべつ》で歪《ゆが》んでいる。私を助けようなんて思っているはずがないのに。

「……お兄様。それは、私への宣戦布告と受け取ってもよろしいのかしら」

いきなりの超失礼発言に、ナディお姉さんが静かにキレた。

抑揚《よくよう》のない言葉とは裏腹に、全てを呑み込む大波のような魔力がリードに襲いかかる。

「ッ!?　ナディ、なんだ、この魔力は!?　こ、これは、父上の意思だ！　また魔物が来る前に撤退する！　そいつを助ける余裕はない！」

「そう……そういうことなのね。私は、憎《にく》む相手を間違えていたわ」

私にもわかった。私をここで見捨てていくのは、リードではなくゲランテの意思なんだ。

ゲランテにとって、私は邪魔な存在。事故で私が死ぬのは、彼にとって都合のいいことらしい。

ナディお姉さんの魔力は、怒《いか》りの臨界点を超えたのか、凪《なぎ》のように穏やかになっている。

そして、怖いくらい冷ややかな声でリードに告げる。

「私はここに残ります。気に食わないのであれば、除籍でもなんでもなさってください……と、お父様に言伝《ことづて》をお願いいたしますわ」

「な、なんだと⁉ そんなことが許され……」

「どの口がっ！ だいたい――」

ナディお姉さんがリードに激昂《げきこう》しかけたとき、ズンッ！ とおなかに響くような衝撃があって、地面が揺れた。そして、ゴゴゴゴ……と、低くて重い音がだんだん聞こえてきた。地震のように、地面が小刻みに揺れている。

「地揺れ……ではないわね。エリー、フィーちゃんから離れないで。嫌な予感がするわ」

「は、はい！」

一瞬で頭を切り替えたらしいナディお姉さんは、エリーの返事を聞いたあと、辺《あた》りを警戒している。

さっきのポーションは遅効性《ちこうせい》なのか、少しずつ私に感覚が戻ってきた。おかげで、不思議な音が近づいてきているのがわかる。

「なんだこれは⁉ なんなんだこれはぁっ⁉」

（うるさい……集中できない）

「黙りなさい！」

ギャーギャーと喚《わめ》くリードを、ナディお姉さんが一喝《いっかつ》した。

そのとき、ボゴンッ！　という、何かが爆《は》ぜるような音が響いた。

「？　耕土獣《モール》の掘削痕《くっさくこん》……ではなさそうね！　なんてこと……！」

ナディお姉さんの向いている方向には、茶色と青が混ざったような、変な色の魔力の塊《かたまり》があった。私よりも下に視えるから、地面の下にいるみたいだけど。

「そこのあなたたち！　お兄様を連れて逃げなさい！　早く！」

「あ、あぁ！」

ナディお姉さんが声をかけたのは、リードの後ろをうろうろしていた男性たち。リードの従者っぽいんだけど、エリーよりも弱いかもしれない。

リードは男性たちに囲まれながら、恐る恐るといった感じで振り向く。

「な、なんだ、ナディ。お前も……」

「死にたいのでしたら、ここに残っても構いませんわよ？」

「ひぃぃっ!?」

……リードが逃げた。威勢のいいことばっかり言うくせに、根性がなさすぎる。

地面の揺れはどんどん大きくなっていって、石畳《いしだたみ》が擦《こす》れてカチカチと音を立てている。

（……ん？　あれ、足が動く。まさか、この揺れで？）

地震のような揺れが、私にのっていた瓦礫《がれき》を少しずつずらしていたらしい。

圧迫されていたところが解放されて、そのぶんジンジンと痛むけど……つぶされているよりはマシ！　これは嬉しい！

また押しつぶされないように、這《は》ってでも移動しようと、腕にありったけの力を込めた。

……瞬間、バコォンッ！　と、爆発音にも似た音がして、地面が一際《ひときわ》強く揺れる。

（変な魔力が、地上に出てきてる。魔物？）

さっきまで下にあったはずの反応は、爆発音のあと急に地上まで上ってきた。

集中力が足りないのか、【魔力視】では正確な形が認識できない。でも、かなり大きい。

「どうして……どうしてここに、泥沼の王《シュラム・モレ》なんてものがいるのよ……！」

ナディお姉さんの緊迫した声が聞こえた。

私の……いや、私たちのピンチは、どうやらここからが本番らしい。

「お兄様を逃がして正解だったわね。エリー、動いちゃだめよ」

「は、はい……」

泥沼の王《シュラム・モレ》とかいう魔物の正面で、私とエリーをその視界から外そうとしているみたいに、ナディお姉さんがじりじりと動く。

そして、あとちょっと……というタイミングで、流れ星のように飛んできた魔法が、泥沼の王《シュラム・モレ》に命中してパンッ！　と弾《はじ》けた。

「〈水槍《すいそう》〉⁉　さてはお父様の魔法ね⁉　水は効かないと知っているでしょうに！　マズい……！」

「ギュウゥァアア‼」

魔法が当たった泥沼の王《シュラム・モレ》が、なんとも言えない叫び声をあげて、その大きさからは想像できないほど素早く動いた。狙われているのは、ナディお姉さん。ゲランテが放った魔法を、ナディお姉さんのものと勘違いしたらしい。

泥沼の王《シュラム・モレ》が攻撃するたびに、ガコン！　と橋が激しく揺れる。

馬車の残骸《ざんがい》は、振動でどこかにいった。もうつぶされることはないだろうけど、どのみち動くことなんてできない。

「きゃぁあっ⁉」

（エリー！）

立っていることもままならない揺れで、エリーが転んでしまう。

……と、破裂音や爆発音に交《ま》じって、ゲランテの声が聞こえる。

「橋が崩れる！　ナディとメイドを確保しろ！」

「「はっ」」

ゲランテに雇《やと》われたらしい数人の護衛が、こちらに向かってくる。その人たちは、私には目もくれずエリーを拘束《こうそく》した。

「な、なんですかあなたたち！　助けるのなら、私ではなくフィリスさまを……」

暴れるエリーが、二人いる男性に私の救助を求めた。けど、そのうちの一人が淡々と答える。

「回収しろって言われたのは、あんただけなんだ。悪いな」

「そんな⁉　やめ……離して⁉　フィリスさま！　フィリスさまぁ！」

少女の力で、大人の男性に敵《かな》うはずがない。悲鳴を残して、あっという間にエリーは連れていかれる。

（うそでしょ⁉　こいつら、人の心はないの⁉）

「……恨《うら》むならパパを恨《うら》むんだな、ちびすけ」

男性は通り過ぎざまに、そう捨《す》て台詞《ぜりふ》を残していった。

恨《うら》むならゲランテを恨《うら》め……つまり、リードが言っていた通り、ゲランテは私を見捨てる判断をしたんだね。

無事に帰れたら、どんな文句を言ってやろうかと考えていた、そのとき。

（⁉　殺気‼）

濃厚な殺気が私を貫《つらぬ》いた……ような気がした。

「そんなっ！　フィーちゃん!?」

ナディお姉さんの絶叫にハッとすると、もうすぐそこまで泥沼の王《シュラム・モレ》の巨体が迫っていた。

（ヤバっ！　〈守れ――風鎧〉！）

咄嗟《とっさ》に身を守ろうとしたけど、〈風鎧〉が発動することはなかった。

「あ……」

もう、魔法を使うだけの力も残っていなかったらしい。

「さっ、せるかぁぁぁぁ!!」

……それは、ほんの一瞬の出来事。

スローモーションになった世界で、振り下ろされる巨大な腕に、横から青の光が突き立ったのが視えた。……ナディお姉さんの魔法が、ほんのわずかに泥沼の王《シュラム・モレ》の腕を逸《そ》らしたんだ。

「うぁぁぁあっ!?」

私の真横の地面を爆砕《ばくさい》した一撃は、そのまま私を吹き飛ばす。

直撃ではなかったとはいえ、かなり威力があった。私は、自分の骨が折れる音を聞いた。

それと同時に、また地鳴りのような音が、今度はすぐ近くから聞こえ始める。

(声が遠い……体が動かない)

これほどの衝撃を受けて、すでに満身創痍《まんしんそうい》だった私が、死んでいないのは奇跡。だけど、ついにその幸運も途切れてしまったらしい。

……そして、地面に接しているはずの背中の感覚もあやふやで、水中を漂《ただよ》っているみたいな感じ。

フリーフォールに乗ったときのような、突然の浮遊感が私を襲った。

(落ち……!? あ、これは死んだな……)

そこで、私の意識は途切れた。

◆　◆　◆

油断していた。慢心していた。

私がいれば、フィーちゃんは安全だろうと、そう思い込んでしまっていた。

私——ナディは、目の前に倒れるフィーちゃんを見て、ただ悔《く》いることしかできない。

お父様が、フィーちゃんを排斥《はいせき》しようとしていることにはずっと前から気が付いていた。

それが決定的になったのは、昨日、屋敷を出発する前のこと。

すっかり夜も遅い時刻にもかかわらず、書斎《しょさい》の前を通りかかった私の耳に、お父様と誰かの話し声が聞こえてきた。妙な胸騒ぎがした私は、気配を消して聞き耳を立てた。

『すでに仕込みは完了している。本当にいいんだな？』

『あぁ……あの不出来な人形は、ここで始末する』

知らない男に答えているのは、間違いなくお父様の声だった。

不出来な人形というのがフィーちゃんを指しているということは、容易に想像がついた。

よりにもよって、フィーちゃんの殺害計画を聞いてしまうだなんて思ってもいなかった。

お父様の相手の声に聞き覚えはなかったけれど、抑揚《よくよう》のないしゃべり方は裏稼業の人間の特徴。暗殺者か、裏仕事専門の傭兵《ようへい》か……いずれにせよ、この屋敷にいていい人間ではないはず。

ふざけた企《たくら》みはすぐにでも阻止《そし》したい。でも、本当に裏稼業を生業《なりわい》としている人が相手なら、私ではまず勝てない。

それに、明日出かけると宣言している以上、前日にフィーちゃんを害すことはないはず。

だから、一晩フィーちゃんのそばにいて守りつつ、出発したら一時《いっとき》も離れないと決めた。

エリステラに、フィーちゃんの身を守るための結界魔道具を用意してもらえるようにも頼もう。

二つが同期する感応型魔道具なら、対《つい》になる魔道具を私が持つことで、結界の作動を感知できるから、フィーちゃんに危険が迫っていることがわかるはず。

エリーには、知らせないことにした。彼女は素直で隠し事が苦手だから。

それに、事情を知ったエリーが不審な動きを見せてしまったら、お父様たちはフィーちゃんの殺害を早めてしまうかもしれない。それだけは、なんとしても避けたかった。

さりげなくフィーちゃんを守るように指示をすれば、きっと大丈夫。

どこでお父様が仕掛けてくるのか、予想できないのが不安ではあるけれど。

大丈夫、フィーちゃんは私が守る。

——そう思っていた、はずなのに。

橋に現れた泥沼の王《シュラム・モレ》が、狙いをフィーちゃんに変えた。時間の流れがゆっくりになったような気がする中、私は限界を超えた速度の魔法を撃ち出した。

それでも間に合わず、フィーちゃんは枯れ葉のように、あっけなく吹き飛ばされてしまった。

悪夢のような光景に、生きた心地がしない。

それでも追撃を仕掛けようとしている泥沼の王《シュラム・モレ》を止めるべく、一歩足を踏み出した――瞬間、両手に練《ね》っていた魔力が、弾《はじ》けるように霧散《むさん》した。

（魔力を集められない!?　これはまさか……！）

同時に、フィーちゃんにとどめを刺そうとしていた泥沼の王《シュラム・モレ》が、急にふらついてその場に倒れ伏した。……私は、この現象を知っている。

（これは、【魔封じ術《まふうじじゅつ》】！）

特殊《とくしゅ》な魔道具を使うことで、一定範囲内の魔力の働きを無効化する……通称【魔封じ術】。

小型の魔物なら即死、大型の魔物ですらも一時的に昏倒《こんとう》させることができるという、とんでもない効果がある結界の一種。

そのもとになっている魔道具は、太古の遺跡からの発掘品で、持っている人はとても少ない。

……私が知る限り、この近辺でそれを持っているのはアシュターレ伯爵、つまりお父様だけ。一応高位貴族であるお父様は、緊急時に身を守るための手段として、王国から魔道具を貸し出されていたはずだ。

(どうして今になって……って、そんなまさかっ！)

なぜ、すぐに起動できる魔道具を今まで使わずにおいたのか。

もし、お父様がこの瞬間を待っていたとしたら。

強力な魔物に襲撃されて、橋は崩落《ほうらく》寸前。そんな状況で、私とフィーちゃんの間に距離ができてしまったら。

「少々手間取ったが、成功だな。これでアシュターレの汚点《おてん》は消える」

(な……っ!?)

信じられない言葉が聞こえてきた。

……当たってほしくなかった予想が、当たってしまったらしい。

何か仕掛けてくるのなら、帰り道の盗賊の頻出《ひんしゅつ》地点だと思っていた。まさか、こんなに早く、しかも目立つところを選んでいたなんて。

いくらフィーちゃんのことが嫌いでも、《ギフト》の結果次第では態度を改めるのではないか。『使える子供』として、フィーちゃんを構うようになるのではないか……そう思っていた。

……私が甘かった。仮にも父親だからと、わずかな可能性を信じた私が間違っていた。

お父様は無情にも、冷たい笑みを浮かべて言った。

「ナディを押さえろ。橋が崩落《ほうらく》する……これで終わりだ」

「そんなっ！　フィーちゃん！」

駆け出そうとしたとたん、お父様の指示で、数人の男に私は拘束《こうそく》された。

抵抗しようにも、魔法が使えない私では男性を振り払うことはできない。

「離しなさい！　離せ！　フィーちゃぁぁぁんっ！」

泥沼の王《シュラム・モレ》が暴れた影響で、橋はもう耐えられそうにない。そしてついに、恐れていた事態が起こってしまう。

ゆっくりと、でも確実に、私の目の前で橋が崩落《ほうらく》していく。

どこか遠くから、悲鳴が聞こえてくる。

（フィーちゃん！　フィーちゃん！　フィ……）

轟音《ごうおん》と土煙《つちけむり》が収まったときには、大きな橋は消え失せていた。

初めから、そこには何も存在していなかったかのように。

事故で壊れた馬車も、泥沼の王《シュラム・モレ》の姿も……そして、フィーちゃんの姿も。

「――――アァァァァッ!!」

……遠くから聞こえていたと思っていた悲鳴は、自分の口から出ていた絶望《おと》だった。

第三章　風狼《ふうろう》と炎狐《えんこ》

（……死んだと思ったんだけどなぁ）

橋の崩落《ほうらく》に巻き込まれてから、私の意識は途切れていた。

あれからどのくらい時間が経ったのかはわからないけど、なぜか私はまた覚醒《かくせい》した。

あるいは、ここはすでに死後の世界で……という可能性も、なくはない。

……なんて、そんなわけない、よね？

「っ!?　……くぅ……」

とりあえず状況確認を、と思って体を動かそうとした瞬間、全身がズキン！　と痛んだ。

これは、動くのは無理そう。

（【空間把握】は無理か……）

耳を澄ましても、サワサワと植物が揺れる音しかしない。近くに人はいないっぽい。

でも、ただ橋から落ちただけなら、私が生きているわけがない。

ゆっくりゆっくり、刺激しないように気を付けて右腕を持ち上げると、腕に何かが巻いてあるのがわかった。

これは……包帯？　やっぱり、誰かが助けてくれたんだ。

体の下には、ちょっとゴワゴワする敷物がある。

（でも誰が……）

私が考えていると、ふいにパキッと枝か何かを踏むような、乾いた音がした。

「む、気が付いたか」

「ふぇっ⁉　っ、うぅ……」

「急に動くな。傷に響くぞ」

いきなり渋めの低い声が聞こえて、あまりの驚きで私は勢いよく動いてしまった。

思いっきり殴《なぐ》られたと思うくらい、全身に激痛が走る。

……この状況で誰かに話しかけられるなんて、思ってもみなかった。

とりあえず、しばらくじっとしていたら、体の痛みは少し引いた。

「ふむ、泣き言のひとつも言わぬか。なかなか忍耐力のある幼子《おさなご》よな」

（誰⁉　っていうか、そもそも、ここどこ⁉）

謎の声の主《ぬし》が感心したように呟いているけど、頭がこんがらがっていて泣くどころじゃない。

確認しようにも、目が見えなくては確かめようがない。

「ほう、我の姿を見ても動じぬか……いや、違うな。お主《ぬし》は目が見えぬのか」

何者かの気配が、頭上から私の左側へと移動する。視界に入っても私が反応しなかったからか、その人は私が盲目だと気が付いたらしい。

……というか、『我の姿』って言った？

え、この声の主《ぬし》って人間じゃないの？　それとも、個性的な見た目をしてるとか？

私が驚かなくて驚いているのなら、普通の人が見たら驚くような見た目をしてるってことだよね？

（……何考えてるんだろう、私）

混乱に混乱を重ねた私は、一周回って冷静に考えられるようになってきた。

姿は見えずとも、生きているのなら魔力を持っているはず。

私には【魔力視】がある。相手の形を認識するくらいはできるはず！

というわけで、【魔力視】を使った瞬間、目の前が緑色に染まった。

「……!?　……は？」

視界いっぱいに広がったのは、誰かの一部だった。軽く四メートルくらいはありそうな緑色の塊《かたまり》が、目の前にある。

おかしくなったかと思ったけど、【魔力視】は間違ってはいないはず。

なるほど。この大きさなら、確かに見た人はびっくりするだろうね。

（……って、そうじゃない！）

何この大きさ！　どう視ても人じゃなくない？

実は私、とんでもないものに声をかけられているんじゃない⁉

「む……お主《ぬし》、その眼《め》……これは面白い。我の魔力を【視た】な？」

「……」

「まだ呑み込めておらぬか。ふむ……気長に待つとしよう」

呆然とする私のそばから、謎の巨体が少しずつ離れていく。

距離ができたことで、相手の全体を認識できるようになった。

（……というか、人じゃない！　でっかい犬、いや狼⁉）

それはこの人が、私の【魔力視】を一瞬で看破《かんぱ》したことなんか、どうでもよく思えるほどの衝撃だった。

あぁ、また混乱してきた。目の前の巨大な姿は、どこをどう視ても大きな狼。

それで、ごく自然に人の言葉を話しているものだから、違和感がとんでもない。

（落ち着け……この狼は悪い狼じゃない……）

心臓がバクバクして、冷や汗が止まらない。今の私は、過去最高に緊張しているかもしれない。

巨大な狼の視線を感じながら、どうにか自分を落ち着かせる。

……それから、ゆっくりと時間をかけて、私は状況を呑み込んでいった。

(さて……)

何をどうやったのかはわからないけど、この狼が私を助けてくれたのは間違いなさそう。

もし食料にする気だったのなら、わざわざ助けて回復を待つ必要なんてない。

だったらどうして、私を助けたのか。

……いろいろと聞いてみたいな。狼さんの名前とか、私を助けた理由とか。

意を決して私から話しかけることにした。

時間がかかるのは仕方ない。ひとつずつ聞いていこう。

「あの……」

「む?」

狼がこちらを向いたみたいだから、私は大きく息を吸う。胸が痛くなるけど、会話くらいならなんとかできそう。

「わたしは……フィリス、です……あなたは、いったい、なにものですか……？」

開口一番、五歳の子供にしては、結構シュールな質問だと思う。

だけど、これ重要！　恩人ならぬ恩狼の名前も知らないんじゃ、お礼も言えない。

……痛くて動けないから、仰向《あおむ》けに寝転がったままなのは勘弁してください。

「フィリス、か。我は風狼《ふうろう》、リルガルム。お主《ぬし》が【視た】通り狼なのだが……我を知る者は、我を聖獣などと呼んでおったな。だがまぁ、ただ長い時を生きておるだけで、大した力も持ってはおらぬぞ」

（……聖獣!?）

……狼さんは、私の予想の斜め上の存在だった。風狼と言っていたけど、それ以上に聖獣というほうがびっくりした。

ナディお姉さんは、聖獣はめったに人前に姿を現さないと言っていた。

だけど、それが今、私の目の前にいる。

「りぅがるぅ……りぅ……が、ガルさんって、よんでも、いいです、か？」

リルガルムって発音が、意外と難しかった。狼さんは、私の質問に頷く。

「ガル、で構わぬ。口調も砕《くだ》いてよいぞ。畏《かしこ》まられるのは苦手なのでな」

ガル呼びとタメ口を許してもらえたから、今後はガルと呼ばせてもらおう。

「……ガル、どうして、わたしをたすけ、たの？」

これだけは、どうしても聞いておきたかった。なんの接点もないはずの、橋の崩落《ほうらく》に巻き込まれて落ちた私を助けた理由はなんなのか。

「そうさなぁ、上から幼子《おさなご》が降ってきたもので咄嗟《とっさ》に……というのもあるが、フィリスは我の親友に似ておってな。半《なか》ば無意識に助けておった」

ガルの声が、少し寂しげになった。私が上から降ってきたというのは、橋から落ちたからだってわかる。でも、なんでガルの声は寂しそうなんだろう。親友さんに関係あるのかな。

「わたし、が……しんゆうに？」

「うむ。気配もそうだが、その白銀の髪などは特に似ておるな。もうずいぶんと前に、この世を去ってしまったが……昔は、よう二人で旅をしたものよ」

白銀の髪、ガルは狼……そして二人旅。

どこかで聞いたことあるような……って、そうだ。

ナディお姉さんに読み聞かせてもらったおとぎ話にそっくり。

でも、あの話に出てきた狼の相棒は、寿命がないという妖精だし、ちょっと違うけれど。

そのあとも、いろいろと聞いていくうちに、私はとあることが気になった。

いったいどうやって、狼のガルが私に包帯を巻いたのか。……いや、すごく今さらなんだけど。

私が感知した限り、ガルの手足は普通の動物と変わらない。包帯を扱えるほど器用じゃないと思うんだけど。

「ねぇ、ガル。わたしの、てあては……だれがしたの？」

「む？　我だが？　もしや、裸体を見たことを怒っておるのか？」

「……そうじゃなくて。どう、やったの？」

見られてたんだ……いや、確かに恥ずかしいけど、意識がなかったし、しょうがない。

でも、それならどうやって……と思ったら、ガルの魔力が急に渦《うず》を巻いた。

それが収まったとき、ガルの姿は消えていた。

「こうやって、だな。我は人の姿にもなれるのだ」

……ということはなく。なんとガルは、人の姿へと変身していた。声や魔力はそのまま、【魔力視】に映る姿だけが長身の男性のものに変わっている。

「ほぁっ⁉」

予想外の事態に、私の口から変な音が出た。

確かにこれなら、包帯を巻いたりもできるだろうけど。まさか変身するなんて。

「……ずっと、そのままで、いられる？」

「この変身は魔力を大量に食うゆえ、生憎《あいにく》とそれは不可能だが……」

狼よりは緊張しないから、できたらずっとこのまま人に変身していてほしかったんだけど、残念なことに難しいらしい。

……と思ったら、ガルの魔力がまた渦《うず》を巻いた。

「この姿ならば、魔力は必要ない。中途半端ではあるがな」

（狼……いや人？　これは……）

もう一度変身したガルの姿は、狼とも人ともつかないものへと変わっていた。なんというか、人っぽい体の狼が、二足歩行しているように視える。

これは、ナディお姉さんに習った、人化獣《ワービースト》の特徴に当てはまるのかな？

ガルが言うには、中途半端に変身した状態……らしいけど。まぁ……狼そのまんまよりは、緊張しないかな。

「さてフィリスよ。お主《ぬし》のことも聞かせてくれぬか」

変身したガルは、胡坐《あぐら》をかくように私の隣に腰を下ろした。そして、もふもふの手で、柔らかく私の頭を撫でる。

「その幼い身に、いったい何があったのだ」

「すこし……ながく、なるけど」

「構わぬ」

そうガルに言われて、私はこうなった理由を話した。けがのせいでしゃべるのに時間がかかってしまうけど、この際、私が転生したってこと以外は全部話してしまうことにした。

自分の母親が、貴族の父親に手を出された街娘だったこと。

生まれたときから盲目で、水属性しかいない家で唯一の風属性だったこと。

そのせいか、姉以外の家族から邪険にされていたこと。

それから、今日が初めてのお出かけだったこと。

橋で起きた事故と魔物騒ぎのとき、父親に見捨てられたこと。

そして橋の崩落《ほうらく》に巻き込まれて、気が付いたらガルに治療されて寝かされていた。

……こんな感じかな？

(改めて思うと、相当ひどい……。ストレス、溜まってたのかなぁ。愚痴《ぐち》みたいになっちゃった)

私の話を聞いていたガルは、途中から何かを考え込んでしまって、返事がなくなった。

言いたいことは全部言えたから、ガルが何か言うまで待とう。

（ゲランテもリードも、呪われてしまえばいいのに。箪笥《たんす》の角《かど》に毎日指をぶつけるとか）

この世界に呪いなんてものがあるのかどうかは知らないけど、不幸を願うことくらいはさせてほしいな。

（ナディお姉さんとエリーは、大丈夫かなぁ……）

私を助けるために、最後まで戦ってくれたナディお姉さん。

ずっとそばにいてくれたけど、ゲランテの手下に拉致《らち》されてしまったエリー。

特にナディお姉さんは、橋が崩落《ほうらく》したときも結構近くにいたみたいだし、巻き込まれていないといいけど……二人とも無事だといいな。

「ううむ……」

突然、考え込んでいたガルが低く唸《うな》った。

「……幼子《おさなご》が受けてよい仕打ちではないぞ。よく耐えたな、フィリス」

「ねぇさまが、いたから……」

「ナディ、といったか？　よい姉なのだな」

「うん」

ガルが優しく、私の頭を撫でる。もふもふの大きな手が、心を落ち着かせてくれる。

（ところで……）

橋からまっすぐ下に落ちたなら、ここは深緑の谷の底ということになる。すぐに誰かが救助に来てくれるとは思えない。

そもそも、橋と一緒に落ちた時点で、私は死んだものと扱われているかもしれない。

（でも、ナディお姉さんなら……って、考えちゃうな）

ナディお姉さんが無事なら、私が生きていることを信じてくれていると思う。

いつもの謎センサーで、私を見つけ出してくれるんじゃないか……なんて、ないとわかっていても考えずにはいられない。

私が転生してからの、楽しい記憶が次々と頭に浮かぶ。

もう会えないと思えば思うほど、ナディお姉さんやエリーに会いたい気持ちが強くなる。

「そう悲しそうな顔をするな、フィリスよ。まだ望みはあるぞ」

「……え？」

ガルは私の考えていることを読み取ったらしく、ツン、と私のおでこをつついた。

「お主《ぬし》はまだ生きておる。ナディに会いたいのであろう？　ならば、こちらから会いに行けばよい」

そうだ、私はまだ生きている。

ガルの言う通り、私がナディお姉さんに会いに行けばいいんだ。

……とはいえ、ここは未開の谷底。

盲目なうえに満身創痍《まんしんそうい》の幼児が、何日も生き残れるとは思えない。

「かえ、れるかな……」

私が無意識に漏らした呟きに反応したのか、ガルが喉《のど》を鳴らした。

そして今度は、わしっと強めに頭を撫でられた。けがに響かないように手加減されてるけど。

「なに、心配するでない。我が連れていこう」

「え……」

「久々に旅をしてみるのもよかろう……と思ったのでな。それに、お主《ぬし》のことは放っておけぬ」

ガルの、包み込んでくれるような優しい魔力が、ふわりと私を撫でた。この優しさに、甘えてもいいのかな。

泣かないようにと、ずっと我慢していたけど……ガルの温かさにこらえきれず、私の頬を涙が濡らした。

悔しいときよりも、悲しいときよりも、ずっと。嬉しいときのほうが、涙って出るんだね。

「っ……つれていって、くれるの？」

「無論。我に任せるがよい」

「ありが、とう……」

転生して……というか、私の人生《フィリス》で初の大泣き。頬を伝う涙が止まらない。ガルは私が落ち着くまで、まるでナディお姉さんがそうしてくれるように、優しく撫で続けてくれた。

しばらくして、私は落ち着きを取り戻した。

（お恥ずかしいところを……）

大号泣するところをずっと見られていたと改めて思うと、なんだか無性に恥ずかしくなってくる。

と、そのとき。くぅぅぅ……という場違いな音が鳴った。

「……ご、ごめんなさい」

その正体は、私のおなかの音。

シリアスな雰囲気をぶち壊した気がして、私は反射的に謝っていた。

追《お》い討《う》ちをかけるような恥ずかしさで、顔がボッと熱くなる。

「はっはっは！　気にするでない。そうよな、人ならば腹は減るものだろう。我は大気中の魔力を取り込めば活動でき、食事を必要とせぬゆえ、すっかり失念しておった」

ガルは豪快に笑い、辺《あた》りを見回す。

「我もたまに人の食事をしたくなるゆえ持ち歩いているのだが、食材はまだ余っていたか……少し待っておれ。あまり得意ではないが、イズに教わった料理でも作ろう」

「イズ……？」

聞き慣れない言葉が聞こえて、私は問い返した。

「む？　あぁ、我の親友の名だ。イズファニア……活発な少女でな、我もよく悪戯《いたずら》をされたものよ。お主《ぬし》は、あやつに本当によく似ておる……雰囲気も、その風の魔力もな」

ガルの声が、また少し寂しそうなものになった。

さっきは聞かなかったガルの親友の名前は、イズファニアさんというらしい。

「そう、なんだ……」

「お主《ぬし》の先祖には、妖精が関わっておるのやも知れぬな。先祖返りはたまに見るぞ」

ガルが雰囲気を一転させて、穏やかに笑いながら私の頭を撫でた。

妖精に先祖返り……聞いたこともない話だけど、聖獣のガルが言うと、妙に信憑性《しんぴょうせい》があるような。

（あ、煙のにおい……）

少しすると、パチパチと焚《た》き火《び》の音が聞こえてきた。金属が擦《こす》れるような音は、鍋か何かかな。

「さて、どれを使うのだったか……うむ、恐らくコレだろう。……む？　このような色だったたか？」

（うろ覚え⁉　ねぇ、それ食べられるんだよね⁉　というか、どんな色してるの⁉）

調理をしながら、ぶつぶつと呟くガルだけど、その内容は不安になるようなものばかり。

せめてにおいだけでも……と思ったんだけど、どれだけ頑張っても全くにおいがしない。

ちゃんと食べられるものが出来上がるんだよね？　ものすごく不安なんだけど。

「……何か足りぬような気もするが、思い出せぬな。致し方あるまい」

（そこは思い出して⁉　必要なものは全部入れてよ、ガルぅ⁉）

せっかく作ってくれているんだから、と思って黙っているけど、心の中では絶叫する私。

体がちゃんと動いていたら、全力でツッコミを入れていたかもしれない。

……あぁ、ガルって結構、大雑把《おおざっぱ》な性格をしてるんだ。ナディお姉さんとは気が合いそう。

「できたぞ」

そうこうしているうちに、ガルの料理が完成したらしい。

「イズのようには作れなかったが……まぁ、食えぬこともあるまい。起き上がれるか？」

「……なん、とか」

全身の痛みをこらえて、ガルに手伝ってもらいながら起き上がる。ちょうどいいところにあった岩を背もたれにした。

ガルが即席で作った木の台を食卓にして準備完了。木製の、大きめのスプーンを手渡された。

「ほう、盲目の割に器用よな。手伝いはいらぬか」

「……たべる、だけなら」

置いてあるものが動かないのなら、私は一人でも食事ができる。

温度とか、どんな味をしているのかを見た目で想像できないのが怖いところだけど。

ガルに手を誘導してもらって、お椀《わん》のようなものにたどり着いた。

(味噌《みそ》と、山椒《さんしょう》みたいなにおい……)

「いただきます……」

慎重にスプーンを動かして、お椀《わん》の中身をすくう。ちょっとドロッとしてるみたい。

若干作り方に不安はあるけど、ガルが私のために作ってくれたものだし、空腹には耐えられない。

意を決して、一口《ひとくち》。

「……おぃひぃ」

（少し辛《から》いけど、思ったよりもちゃんとした味がする。……なんだろう、すごく安心する）

口に入れた瞬間、ピリッと鼻に抜ける辛《から》みと、お味噌《みそ》のようなコクを感じた。トロトロとしたスープは、決して絶品ではなく、どちらかといえば薄い味付け。具も入ってないし。

……なのに、どうしてこんなに美味《おい》しいの？　どうしてスプーンが止まらないの？

「とっても、おいしい、よ……」

「うむ、それはよかった。これほど喜んでもらえたのなら、イズも嬉しかろうて」

そう言うガルも、嬉しそうな声をしてる。

……私はイズファニアさんの代わりにはなれないけど、ガルの友達にはなりたい。

出会ったばかりでも、ガルのそばはすごく落ち着く。

ナディお姉さんとはまた違った優しい雰囲気が、私を暖めてくれるから。

食事を終えると、ガルがお椀《わん》に何かを入れて私に持たせた。

「フィリスよ、これも飲んでおくとよい。少々苦いが、今のお主《ぬし》には必要なものだ」

「なにこれ……ぇ⁉　ぐっ、ごほっ⁉」

ガルの言葉を聞いて、青汁みたいなものかと思って口をつけた……瞬間、強烈な青臭《あおくさ》さと舌が痺《しび》れるような苦みが、口の中で暴れまわる。

いつもならにおいを先に嗅《か》ぐんだけど、スープは普通の味だったから油断した。

（苦ぁぁぁ⁉　何この味！　どこが『少々苦い』なの⁉）

……たった今食べたばかりのスープ、吐くかと思った。

私が声にならない悲鳴をあげると、ガルの魔力が申し訳なさそうに揺れる。

「こうなることは予想していたが、我慢してもらうしかない。それは薬草を煎《せん》じたものだが、フィリスのけがを治すのに必要なのでな。……言いたいことはわかるが、我慢せい」

私のけがを治すのに必要と言われてしまえば、私に飲まないという選択肢はなくなる。

これで本当に、けがが治るんだよね？　ただの拷問《ごうもん》とか、そういうのじゃないよね？

（あぁ、もう味覚がおかしくなってきた……ええい、一気にいっちゃえ！）

私は思い切って、ぐっとお椀《わん》の中身を飲み干した。

「…………にがい」

「よく頑張ったな、フィリス。寝て休めば、起きる頃には動けるようになっておるだろう」

ガルが私を撫でてくれた。これだけ頑張ったのに、薬草汁に即効性はないらしい。

まぁでも、ろくに動けないほどのけがを負ったんだし、これを飲んでよくなるなら我慢する。

……でも、この一回きりであってほしいと思わずにはいられない。

「ポーションがあればよかったのだが……生憎《あいにく》と持ち合わせがなかったものでな」

（私が死にかけてたとき、ナディお姉さんがその名前を言ってたような……）

ポーションっていうのは何？　と思って聞いてみると、病気やけがを治すことができる薬の一種だとガルに教えられた。特殊《とくしゅ》な製法の、魔法薬という部類に入るらしい。

即効性のある回復薬で、飲んだり患部《かんぶ》にかけたりすることで、けがを癒《いや》せるんだとか。

死ぬ寸前だった私を呼び戻したのは、ナディお姉さんがかけてくれたポーションだったみたい。遅効性だと思っていたけど、死にかけだったから、ゆっくりと回復しているように感じていただけらしい。

ガルは私にポーションの説明をしたあと、ふと思い出したように口を開いた。

「お主《ぬし》はマナポーションを持っておったな。いくつか割れてしまっていたが……」

「ねぇさまに、もらったの」

「そうか。であれば残りの一本、大切に持っておるとよかろう」

「うん……」

　そう、私がナディお姉さんにもらったマナポーションは、事故の衝撃のせいか、魔物の攻撃のせいか……三本が割れてしまっていた。割れた瓶《びん》は、危ないからとガルが片付けてくれていたんだけど、もうポーチの中には一本しか入っていない。

　魔力が多い私はあまり必要じゃないけど、それでもこれは、大事に取っておこう。

「《調薬》や《錬金術《れんきんじゅつ》》の《ギフト》を持っておらねば、魔法薬は作れぬからな……ポーションの類《たぐ》いは、いつの時代であっても易々《やすやす》とは手に入らぬ」

「そう、なんだ……」

　ナディお姉さんは気前よく四本もくれたけど、これ高級品だったの？　躊躇《ためら》いなくポーションも使ってくれたし……感謝してもしきれないよ。

「ときに、フィリスよ」

「なに……？」

「お主《ぬし》の《ギフト》はなんなのだ？　その【眼《め》】は魔法の類《たぐ》いであろう？」

　ガルに問われて、ハッと思い出した。

　……そういえば私、《ギフト》をもらう『選定の儀』に向かう途中で、事故に遭《あ》ったんだっけ。なら、今はまだ、なんの能力も持っていないことになる。

「もって、ない……」

「なんと」

ないものはないので正直に言うと、ガルは驚いたように唸《うな》った。

「ではフィリス、お主《ぬし》は自分の魔力について、どこまで理解しておる？」

「え？　えっと……すごく、おおい……？」

「なるほど、その程度までは自覚しておるか。ふむ……」

突然のガルの質問に戸惑《とまど》いながらも返事をすると、ガルはグルグルと喉《のど》を鳴らして考え込んでしまった。

（な、何かマズいこと言ったかな……）

しばらく沈黙が続き、私が不安になってきたとき。ようやくガルが口を開いた。

「……よし、お主《ぬし》はまず、自身の力を自覚するところから始めねばならぬな」

「え？」

私が力を自覚するって、どういうことだろう。ただ魔力が多いってだけじゃないの？

「ナディを探す道中で《ギフト》を受け取りに寄り道しても、さほど問題なかろう。『選定の儀』を受ければ、自《おの》ずと理解するだろうが……お主《ぬし》は少々特殊《とくしゅ》なのだ」

「わたしが……？」

「ややこしくなるゆえ、詳細は省《はぶ》く。が……フィリスよ、ずいぶんと面倒な星を持って生まれたな」

ガルが、混乱する私の頭を撫でた。面倒な星って、なんだろう。

私が転生者だってことを、ガルは知らないはず。だけど、ガルは私が自分で気付いていないようなことに気が付いているみたい。

『選定の儀』を受ければ、私は私《フィリス》が持っている力を理解できるのかな。

「明日、お主《ぬし》がある程度回復したら移動するぞ。流石《さすが》に崖《がけ》を登るのは我にも不可能ゆえ、森を抜ける」

「……どのくらい、かかる？」

「順調に行けば四日……いや、五日ほどで抜けるだろう。隣国にはなってしまうが、谷底《ここ》と地上《うえ》を繋ぐ道がある」

そんなにかかるんだ……というか、谷底に下りられる道なんてあったんだね。

そう思っていると、ガルが少しだけ声を低くして言う。

「とはいえ、ここは魔物や凶暴な獣が多い。焦《あせ》ってはいかんぞ、フィリス」

「うん」

「よい返事だ」

ガルは優しい声で頷いてくれた。

深緑の谷は、ドラゴンや亜飛竜《ワイバーン》がうろうろしてると聞いている。私の知らない魔物だって、わんさかいるはず。ただでさえ、私はガルのお荷物になるしかないのに……騒いで魔物を呼び寄せるなんてことは、絶対にしたくない。

早くナディお姉さんに会いたい気持ちはあるけど、ガルの言う通り焦《あせ》ってはいけない。

（必ず会いに行くから……待っていて。ナディお姉さん）

私は、そう心に強く誓った。

それからガルと過ごすうちに、夜になったらしい。

ガルに休めと言われたはいいものの、私はなかなか寝つけないでいた。

ガルの気配はすぐそばにあるけど、ふとした瞬間に不気味な音や変な鳴き声が聞こえてきて……正直すごく怖い。

それに、風が吹くたびに、刺すような寒さが私を襲う。薄手の毛布だけじゃ全然足りない。

「眠れぬか、フィリス」

「……うん」

ガルも私が寝ていないことがわかったらしい。

すると、少し離れたところで狼の姿になっていたはずのガルの気配が、すぐ隣まで来ていることに気が付いた。

そしてそのまま、私を包むようにして地面に伏せる。【魔力視】ではよくわからなかったけど、私の体を包むガルの毛は、かなり長くて柔らかい。

しかも、ガルは狼だけど獣臭《くさ》くなくて、爽《さわ》やかな緑の香りがする。体温も高いのか、さっきまでの寒さがうそのように、ぽかぽかした。

吹きつけていた風も、ぴたりとやむ。

(あったかい……もふもふ)

「我は風を操る風狼。風は通さぬゆえ、安心して眠るとよい」

「うん……あり、がと……」

ガルの優しい囁《ささや》きが聞こえた。温かいし、安心感もすごい。

これなら眠れる……と思ったとたん、猛烈《もうれつ》な睡魔《すいま》がやってきた。

……もふもふ恐るべし。おやすみなさい。


そして、翌日。

起きてすぐ、体の痛みが引いているのがわかった。昨日は身動きするだけでも全身が痛かったのに、今は腕を伸ばしても体をひねっても痛くない。

（あの薬草汁……ちゃんと効果あったんだ）

私が体の調子を確かめていると、人化獣《ワービースト》の姿のガルが目の前にいた。

「む、目が覚めたか。生憎《あいにく》と同じものしかないが、食事を用意してあるぞ。食べるか？」

「うん、ありがとう」

気配には敏感なつもりだけど……ガルがいつ移動したのか全然わからなかった。

それほど深く眠れていたのか、ガルが私を起こさないようにしてくれていたのか。

おかげさまで、万全とはいかないまでも、動いても大丈夫なくらいには回復できた。

昨日と同じスープを食べ終えると、爽《さわ》やかな香りがするビー玉サイズの玉を、ガルに手渡される。

「食べたらこれを噛むとよい。が、呑み込んではならぬぞ。腹を壊すやもしれぬ」

「……これはなに？」

「薄荷玉《ガム》だ。歯を磨《みが》く代わりになる」

前世にもこんなのあったなぁと、ちょっと懐かしくなった。

口に入れてみると、かなり強い清涼感《せいりょうかん》がある。

……硬いゴムボールでも噛んでいるみたいな、とんでもない弾力もあるけど。

「味がなくなったら吐き出せ。なに、そのうち土に還《かえ》るゆえ、気にすることはない」

（ガムのポイ捨て……）

ちょっと抵抗感もあったけど、ここは前世とは違うと自分に言い聞かせた。

間違ってもガルや荷物に当ててしまわないように、そっと薄荷玉《ガム》を地面に落とす。

「して、フィリスよ。体は大丈夫か？　少し立ってみよ」

「うん……っ、あしがいたい」

ガルに促《うなが》されて立ってみると、左足がズキッと痛んだ。

右足に体重をかければ立つことはできる……けど、歩くのはちょっと無理そう。

「最も重傷……骨が折れておったところだな。やはり、煎《せん》じただけの薬草ではこれが限界か。致し方あるまい」

「あるけない、かも……」

これから出発するのに、どうしようかと思っていたら、なぜかガルは首を傾げる。

「む？　元よりお主《ぬし》を歩かせるつもりなぞなかったぞ。ここは、幼子《おさなご》が踏破《とうは》できるような場所ではないのでな。立てるのであれば、それで十分だ」

「そうなの？」

……じゃあどうやって移動するんだろう。

ガルが私を担《かつ》ぐ？　でもそれじゃあ、何かあったときに対処できない。

そう思っていたら、ガルが私に背を向けてしゃがみこんだ。

「ちと高いか……よし。フィリス、上れるか」

「う、うん」

ガルの、人型でも大きな背中になんとかよじ上ると、おんぶされるような格好になった。さらにガルは荷物を背負ってから、背中と荷物の隙間に私が収まるように調節する。

なるほど、この状態で移動するんだ……なんて思った瞬間、ガルの魔力がぶわっと大きくなった。

ガルの背中が、どんどん大きくなる。

（狼の姿……！）

四つん這《ば》いになったガルの背で、私は乗馬しているみたいな体勢になる。

「近くに棒のようなものがあるだろう。それをしっかりと握っておれ」

荷物が向きを変えたことで、ガルが言う通り私の目の前には棒があった。私はそれを掴んで頷く。

「う、うん」

「では行くか」

狼になったガルが、ゆっくりと歩き出す。

わずかに上下に揺れる感覚はあるけど、馬車よりもはるかに乗り心地がいい。

私に長い棒を掴ませたのは、落ちないようにするためだったんだね。

だけど、やっぱり座りにくさはあるから、私は姿勢を安定させるために【空間把握】を使う。

「ふむ……フィリスよ、頻繁《ひんぱん》に魔力を放出するのはやめておけ。お主《ぬし》の魔力は魔物を呼ぶ」

「え……ご、ごめんなさい」

まさか、私の魔力が魔物を呼び集めるだなんて思ってもいなかった。

ガルが言ってくれなかったら、私はずっと迷惑をかけ続けていたかもしれない。

私が少し落ち込んでいると、ガルは優しげに笑い声をあげた。

「なに、たまにならばよい。それと、その【眼】は使っていても構わぬ」

(気を付けよう)

……私がそう決意をした、ほんの数時間後。

深い森の中というのは、いつ何が起こるかわからない。

「フィリス！　手を離すでないぞ！」

「ぉおおわぁぁぁ!?」

というわけで……私は今、安全バーなしのジェットコースターに乗っている。

……なんて、冗談を言う余裕なんて私にはないんだけど！　真っ暗な視界で、風を切って激しく揺れる感覚は超怖い。

（落ちる！　死ぬ！）

私たちは、とんでもない数の魔物に追われている。ちらっと振り返っただけでも、【魔力視】を埋め尽くすような大群の反応が、高速で駆けるガルを……いや私を追いかけている。

最初は一匹だけだったのに、気が付いたらめっちゃ増えていた。

私の魔力が魔物を呼ぶらしい……とガルには聞いていたけど、それにしたって、これはないでしょ。何もしてなくても寄ってくるなんて、もうどうしようもない。

「群猿《エイプ》がここまで群れるとは……フィリスがよほど美味《うま》そうに見えるらしいな」

（ひぃぃ!?　そんなの聞きたくないよぅ！）

右に左に激しく方向を変えながら、ガルが冷静に分析してる。でも、私が美味《おい》しそうだって情報はいらなかった。魔物に食べられたくなんてない。

「少々暴れる。振り落とされるでないぞ！」

……ガルが速度を上げた。

「ごめんなさぁぁい！」

「お主《ぬし》のせいではない。それより口を閉じよ。舌を噛むぞ」

「……！　……!!」

それはいやだ。ガルに言われた通り、おとなしく口を閉じておこう。恐怖感は、全く消えないけど。

爆走するガルが、追いかけてくる魔物を振り切るためなのか、跳んだ。

フッ……と意識が遠のきかけたけど、今気を失ったら死ぬと自分に活《かつ》を入れて、必死に耐える。

ガルが急に向きを変えて、どこかを駆け上がり始めた。そして、大声で私に指示を出す。

「む、よいところを見つけたぞ。フィリスよ。屈《かが》め！」

（なに？　どこ!?）

私が頭を下げるのと同時に、すぐ上を何かが掠《かす》めた気がした。

「さぁ来い、猿《ましら》共！　まとめて吹き飛ばしてくれよう！」

ガルの声が反響する。すぐ近くに壁があるみたいだし、ここはものすごく狭い空間だと思う。洞窟《どうくつ》かな？

立ち止まったガルと私に、大量の魔物が迫りくる。そんな悪夢のような事態に、どうするつもりなのかと思ったら、ガルの魔力が急激に大きく渦《うず》を巻いた。

……そして、視界を埋め尽くすほどの魔物の反応が、全て一瞬で消え失せた。

「我の風は重かろう。ひとつの方向から攻めたのは悪手《あくしゅ》だったな」

「すご……」

「はっはっは！　流石《さすが》に全方位から攻められてしまえば、どうしようもなかったが。この洞窟《どうくつ》があって助かったわ」

昨日寝る前に、ガルは風を操るって言ってた。

私には全く風が吹いた感覚はなかったんだけど、魔物はガルの風が吹き飛ばしたらしい。

私が驚いていると、ガルは四本脚の膝《ひざ》をゆっくり屈《かが》めた。

「しかし、疲れたな。今日はここまでにするか」

「おつかれ」

「うむ」

ガルの背中から下りてみると、ごつごつとした石の感触がした。ちょっと湿《しめ》ったコケみたいなものも生《は》えてるみたい。

（つ、疲れた……何もしてないのに疲れた……）

長時間ガルの背中にしがみついていたせいか、腕と足に力が入らなくてカタカタと震える。

もう安全だとわかった瞬間、気が抜けた。

「よく頑張ったな、フィリス。無理はせず、もう休むとよい」

「うん……」

ガルに毛布を用意してもらって、私は横にならせてもらう。さっきまで眠っていたような気もするけど、病み上がりの五歳児の体力はそんなにない。

波のように押し寄せる睡魔《すいま》には抗《あらが》えず、私はすぐに眠りについた。


それからどれくらい経ったのか、眠っていた私は、鼻に絡みつくような鉄のにおいで目を覚ました。

（……ん？　何このにおい……鉄錆《てつさ》び？　いや違う、血!?）

私のけがは治ってるから、寝てる間にガルがけがしたのかと思って慌《あわ》てて飛び起きたんだけど、聞こえてきたのは呑気《のんき》な鼻歌だった。

「……む？　すまぬな、驚かせてしまったか」

声が聞こえてそちらに顔を向けると、ガルが申し訳なさそうに魔力を揺らしていた。

このむせ返るような血のにおいはなんなのかと思って、ガルに聞いてみる。

「……なにこのにおい」

「野鳥だ。お主《ぬし》が目を覚ましたら食えるようにと、先程仕留めてきた」

……なるほど、そういうことね。ガルが捕ってきた獲物の血のにおいだったんだ。

ガルがけがをしたわけじゃないってわかったとたん、体から力が抜けた。

でも、ガルって料理できるの？　イズファニアさんに教わったというスープの作り方を聞いてたから、どうしても不安が残るんだけど。

「……ガル、それ、どうやってたべるの？」

「む？　とりあえず炙《あぶ》れば食えるだろうと思っ……」

「ちょっとまって」

とんでもないことを言い出したガルを遮《さえぎ》る。

……だめだ、ガルにスープ以外の料理は作れないみたい。一応聞いてみて正解だったよ。

鳥を丸焼きにするにも、それなりの知識と技術がいる。適当にやっちゃうと、すごく不味《まず》くなるんだよね。

「わたしのいうとおりに、やってみて」

「？　うむ」

ガルは首を傾げながらも了承してくれた。私は目が見えないから、手順を教えてガルにやってもらう。

今の野鳥の状態を聞いたら、首を落としただけっていうからまずは血抜き。

（血抜きは絶対に必要……これをやらないと臭《くさ》みが出る……）

それが済んだら羽を取る。ぬるま湯につけると簡単に取れるんだけど、ちょうどいいサイズの鍋がないらしいからガルがそのままむしった。

そこで私は、ふと思い出してガルに尋ねる。

「ガル、やくそうってまだある？」

「乾燥させたものばかりだが、それなりにあるぞ」

ガルはよくわかってないみたいだけど、よかった。いくら処理をしても、ただ焼いただけの鳥は味気ない。

薬草の中に、臭《くさ》み消しとか味付けに使えるものとかないかな。

「ちょっと、かして」

ガルから薬草が詰まった袋を受け取って、においを嗅《か》いでみる。

……全部いっぺんに嗅《か》いでも青臭《あおくさ》いだけだから、ひとつずつ手に取ってみようかな。

（あ、これローズマリーみたいなにおいがする。こっちは胡椒《こしょう》っぽい？なんだ、意外と使えそうだね）

薬草からは、思ったよりも知ってるにおいがした。磯《いそ》みたいな香りがする草も混じってたから、ちょっとかじってみたら……かなり塩辛《しおから》かった。これは塩の代わりにできそう。

それと、薬草の他に、麦みたいな香りのする穀物《こくもつ》も入っていた。これも食用ってことだったから、しばらく水につけておくようにガルに頼んだ。

「……香りだけで判断しとるのか。そのような芸当、我でもできぬぞ」

ひょいひょいひょい、と仕分けをする私にガルが驚いてる。

ガルにもできないって言われると、なんだか特別なことに聞こえてくるけど……目が使えない私は、こうするしかなかったんだもん。

ガルに用意してもらった器で、手探りだからゆっくりと、たった今分けた薬草を混ぜる。

同時に、ガルに次の作業をお願いする。いよいよ捌《さば》く段階。

まず、鳥のお尻のところからナイフを入れて、縦に切り込みを作って内臓を取り出す。

ここで内臓を傷つけちゃうと、お肉にも臭《くさ》みが移るから慎重に。

あらかた取り出したら、お腹の中を水できれいに洗い流す。骨に沿って手でなぞるようにすると、余計なものが全部取れるはず。

「ううむ……」

ガルは小さく唸《うな》りながらも、しっかりと成功したらしい。

「つぎは、これをおなかにつめて」

水につけておいた麦っぽいものと、私が砕《くだ》いて混ぜた薬草を、鳥のお腹に詰めるようにお願いする。それからお腹を閉じて、背骨に沿って長い棒を刺してもらった。

これで下準備は完了。

あとは、火にギリギリ当たるくらいの距離で、じっくりじっくり火を通すだけ。これは時間がかかるけど、美味《おい》しく食べるためには惜《お》しんじゃいけない手間。ガルには洞窟《どうくつ》の外で鳥を焼いてもらうことにした。

するとほどなくして、香ばしいにおいが漂《ただよ》ってきた。

「ほう、これはなかなか……我は食事を必要とはせぬが、食えぬというわけでもない。これは我も食ってよいのか？」

食事を摂《と》らないというガルも、流石《さすが》にこのにおいには我慢できなかったらしい。

「もちろん。ガルがとってきたんでしょ？」

「楽しみだ」

ガルは嬉しそうに魔力を揺らしてる。

焼きあがったら火から外して、詰めた穀物《こくもつ》とほぐした鳥肉をガルに取り分けてもらう。

食欲をそそるいいにおいがしてる。いざ、実食。

「んっ……まぁぁ！」

前世で食べた七面鳥のような味の鳥肉と、少しだけ苦みのある穀物《こくもつ》がよく合う。水加減や味付けは適当だったけど、どうやらうまくいったらしい。

パリパリに焼けた皮と柔らかいお肉……これが信じられないくらい美味《おい》しい。

塩辛《しおから》かった薬草も、全体のいいアクセントになってる。これ使ってよかったなぁ。

「これは……驚いたな！　あの野鳥がここまで化けるか」

ガルも興奮してるのが伝わってくる。

私がやったわけではないけど、この世界で初めての料理は大成功だね。

（……前世で友達に連れていかれた全力キャンプ……もといサバイバルキャンプが、こんなところで役に立つなんて……）

野生動物の捌《さば》き方とか調理方法なんて、一生使わないと思ってたのに……全く、どこで何が役に立つかわからない。

その後、結構量があった鳥の丸焼きは、ガルが全部食べた。よほどお気に召したらしい。

私もおなかいっぱいで大満足。

満腹になったら、また眠くなってきた。

眠ってばかりだけど、我慢できないものは仕方ない……ということで。

……おやすみなさい。


それから、あっという間に四日が経った。

突如《とつじょ》始まったリアルサバイバルも、今日で五日目。

「ガル、あと、どのくらい？」

私が聞くとガルは首を傾げつつ答えてくれる。

「む？　もう見えておるぞ。もうすぐだ」

「そっか」

猿の群れに追い回された以外は、魔物の襲撃を受けることもなく、無事に目的地へと近づいている。

そして、ガルはちょっと前から完全な人の姿に変身して、私を抱っこしている。

左腕に抱かれているんだけど、男性に密着したのは初めてだから、結構ドキドキする。

人型のガルは、かなり筋肉質で大柄《おおがら》。

本人によると、古風なしゃべり方とは裏腹に、結構若い見た目をしているらしい。

「変身を長時間維持するのも、久しぶりだな」

ガルはそう言いながら、ゆっくりと歩いていく。

狼のほうが速くて強いのに、ガルが人型に変身して私を抱いている理由は、狼だと人に見られたときに説明が面倒だからってことだった。

今までも、ガルは変身して旅人に偽装することで、余計な注目を避けてきたらしい。

……まぁ、それはそうとして。私には、どうしても確認しておきたいことがある。

「ねぇ、ガル。おふろ、あるかなぁ」

「風呂？　この上の旅人宿ならあるだろうが……」

「ほんと!?　やったぁ！」

……この五日間、一度もお風呂に入らなかったどころか、水浴びもしていないんだもん。

常に気を張るサバイバルだったし、そんな状況でガルにわがままを言うわけにもいかなかったし。

とはいえ、いい加減汚れてギシギシする髪とか、汗でベタつく体をなんとかしたいと思っていた。においだって気になるし。

「ところでフィリスよ」

私が久しぶりのお風呂に思いを馳《は》せていると、ガルに問いかけられた。

「ん？」

「我とお主《ぬし》の関係、人にどう説明する。橋から落ちた子を保護した……などと言っても、ただの妄言《もうげん》だと思われてしまうだろう」

　確かに。全部事実なのに、どうにも作り話っぽい。

　どうしたものかと思っていると、ふとあることをひらめいた。

　……ガルは人に変身できて、私は幼い子供。ってことは、あれが使える。

「おやこ」

「親子……か。確かに我は人の姿をしておるが」

　私はガルの子供で、ガルの仲間たちと一緒に谷底に行っていた。そこで魔物に襲われて、仲間が全滅。なんとか生き残ったガルは、大けがをした私の治療をしながら、ここまで戻ってきた……みたいな。

　これなら、私とガルが二人きりでもおかしくはないように思う。それと、私がボロボロなのも、一応説明がつくと思う。

　そう提案すると、ガルはしばらく考え込んだ。

「ふむ……悪くないな。足りぬ部分は我が補足しよう。我の名は、ガルと名乗れば問題なかろう。そう珍しい名でもない」

「ぱぱってよぶ？」

「やめんか、むず痒《がゆ》い」

私が言うと、ガルの魔力が恥ずかしそうに揺れた。

半分は本気なんだけどなぁ。正直、ゲランテなんかよりもガルは父親っぽい。

不器用だけど優しくて、そばにいると安心するし。

なんて考えている間にも、ガルはブツブツ呟いている。

「職は……元冒険者としておくか。証《タグ》はとっくに失効しておるゆえ、現役は名乗れぬ」

「たぐ？」

「冒険者の証《あかし》だ。我は昔、人に紛《まぎ》れて冒険者をしておったが、ずいぶんと前に人としての生活をやめたのだ。すでに資格は失効しているが……元でも戦えんことはないからな。当時の武器もまだ持っておるゆえ、問題はなかろう」

……ん？　武器はまだ持ってる？

この五日間で、ガルが持っているものはだいたい把握したつもり。でも、武器っぽいものなんてあったかな。調理用のナイフはあった……けど、あれは武器じゃないだろうし。

「……ぶき、あった？」

「何を言う。お主《ぬし》が我の背で掴んでおったものが、我の武器だぞ」

「え……えぇぇ!?」

全然気が付かなかったんだけど……剣というには細くて長いし、槍《やり》にしては刃がない棒。そんなものが武器だったなんて思わなかったよ。

ガルは肩にかけていた武器を外して、私に持ち手を持たせてくれた。

「珍しい得物《えもの》なのでな。フィリスが武器とわからぬのも致し方ない」

(重い……でも、結構細かい装飾が施《ほどこ》されてる……？)

ガルの支えがあっても、ずっしりと重い。細いと思ってたけど、実際に持ってみると結構太いのがわかる。布……というか無数の糸を巻きつけたような触り心地。

「めずらしいの？」

「うむ。はるか昔、東の果てにある島国で手に入れたものだ。特殊《とくしゅ》な加工が施《ほどこ》されていてな……長年使い続けても、刃こぼれひとつせぬ業物《わざもの》なのだ」

大昔って……この武器、どれだけ長持ちするんだろう。

ガルが何年生きているかは知らないけど、聖獣が昔って言うなら相当古い武器だよね。

それなら、かなり珍しいという認識も正しいのかも。

「これを打った職人は……カタナ、と言っておったな。慣れてしまえば、頼もしい武器よ」

「……へぇ」

前言撤回《ぜんげんてっかい》。私はよく知ってる武器だった。ただし前世の私が、だけど。

ガルが言っていた『東の果ての島国』は、もしかしたら日本みたいな場所なのかもね。

……とかなんとか思っているうちに、目的地の真下まで移動していたらしい。

「さて、あとはこの階段だけだな。長い階段ゆえ、途中に休憩所がある。今日はそこで休むとしよう」

「うん」

「一応、顔は隠しておくか……我もお主《ぬし》も、それなりに目立つのでな」

「わかった」

ガルが、私の顔を長いマフラーのような布で隠した。何かで遮《さえぎ》られていても【魔力視】は使えるから、そんなに変わった気がしないけど。

そしてガルが階段を上り始めた。ガルの一歩が大きくて、私も上下に大きく揺れる。

……この階段かなり急じゃない？　上まで行くの、結構大変なんじゃゃ……あ、だから休憩所があるのか。

私はまだ足のけがが治ってないし、そもそもガルに歩かせてもらえない。なんだか申し訳ないけど、今の私にできるのはじっとしていることだけ。……頑張って、ガル。

階段を上り始めてしばらくすると、ちらほらと人の魔力が視えてきた。

（人の魔力……久しぶりに視た気がする）

下りてきた人たちとすれ違う一瞬、会話が聞こえてくる。「稼ぎ」とか、「討伐《とうばつ》」って単語が聞こえるから、この人たちはガルが言っていた冒険者なのかもしれない。

それとたまに、何を言っているのかわからない……使っている言語が違う人もいた。

（ちょっとわくわくする……）

私はつい最近まで、すごく狭い範囲のことしか知らなかった。

ナディお姉さんに会うまでに、どれだけのことを学べるんだろう。

そう思うと、未知の世界にわくわくが止まらない。

それから、どれくらい上ったかな。ギザギザと往復しているらしい階段を、ガルは何度も右へ左へと方向を変えながら、かなり長い間上り続けた。

先程よりも人の魔力を増えてきたのを感じて、私はガルに話しかける。

「ひと、おおいね」

「そろそろ休憩所だから、だろうな。もう着くぞ」

「おつかれ」

そして、やっと目的地の休憩所に到着した。

人がたくさんいるみたいで、【魔力視】に映る反応の数はもちろん、ワイワイと騒がしい声や賑《にぎ》やかな音楽が聞こえてくる。何かを焼いているのか、香ばしいにおいも漂《ただよ》ってくる。

「にぎやか……」

「谷に下りるには、必ずここを通るからな。自然と人が集まるのだろう」

「なるほど」

ガルの説明に、私は頷いた。登山するときの、山小屋的な場所だと思えばいいのかな。

ガルいわく、ここで生活している人も少なくないそうで、いつ来てもこんな感じらしい。

「フィリス、ここでは魔力を放散してよい。魔物の襲撃があっても、これだけ冒険者がおれば上がってくる前に倒せる」

（やった、【空間把握】解禁！）

【空間把握】が解禁されると同時に使ってみたら、休憩所が思ったよりも広いのがわかった。

頭上には天井《てんじょう》があるみたい。

「ひろいね、ここ」

「崖《がけ》を魔法でくりぬいて作られているのだ。小さな村ほどの大きさはあろうな」

それはすごい。どうりで人も多いはずだよね。

「さて、そろそろ我の変身も限界ゆえ、宿を探さねばな。あやつがまだおればよいが……」

「あやつ？」

私が首を傾げると、ガルは答えてくれる。

「昔の馴染みだ。なかなか変わり者でな、ここで宿を経営しておったはずだが……」

ガルがきょろきょろと辺《あた》りを見回す。

そして何かを思い出したように、洞窟《どうくつ》の奥に向かって歩き出した。

「ここだな。外装も変わっておらんか」

ガルが足を止めたのは、人の気配もまばらな場所にあった小さな建物の前。

知り合いが経営している宿だそうだけど、ずいぶん寂《さび》れた雰囲気だね……営業してるのかな？

ガルには何かわかっているのか、躊躇《ためら》いなく入り口で叫ぶ。

「イオリア！　おるか！」

「うわわっ!?　あたしを呼ぶのは誰!?　……って、うぇあぁ!?」

ガルの大声に驚いたのか、誰かの慌《あわ》てたような声と音が聞こえてきて……上から人が降ってきた。【魔力視】に、逆さまの赤い人型の魔力が映る。

そして、ゴンッ！　という硬めの音が響いた。

……今、頭から落ちてきたように視えたんだけど。その人は、何事もなかったかのように立ち上がった。ガルは、その人に穏やかな声で話しかける。

「久しいな、イオリア」

「ってて……急に来たと思ったら。いきなり叫ぶのやめてよねー、リル……」

「おっと、今はガルと呼べ。そう名乗っておる」

イオリアさんというらしい人は、声からするとかなり若い女性のように感じる。

ガルの知り合いだというから、てっきりご老人が出てくるかと思ってたのに。

すると、イオリアさんが私のほうを向いた。

「ふーん……それって、その子が関係してる？　なんだか見たことある気がするんだけど、初めましてだよね？」

私は、イオリアさんと会ったことはないはず。

そもそも家から出たこともなかった私に、知り合いなんていないけど。

「うむ。話せば長くなるが……」

「その前にお風呂！　この子真っ黒じゃないの！」

ガルの言葉を遮《さえぎ》って、イオリアさんがガルから私を取り上げた。私を抱き上げてもふらつかないってことは、魔力で視える体形以上に、イオリアさんは力持ちなのかも。

イオリアさんは、少し圧のある声でガルに聞く。

「で？　何日このままなの？」

「五日ほどだが？」

「……『だが？』じゃないっ！　女の子を五日も放っといたの⁉　ちゃんときれいにしてあげないと！」

「う、うむ……」

イオリアさんの剣幕《けんまく》に、ガルがたじたじになっている。何も言い返せないらしい。

そんなガルを放っておいて、イオリアさんは私の正面に立つと、ずいっと私の顔を覗《のぞ》き込《こ》んだ。

「初めまして、あたしはイオリアよ！　って、あれ？　あなたもしかして……」

キラキラと輝く赤い魔力が眩《まぶ》しい。あれ、この感じ……ガルを近くで視たときに似てるような。

ガルはため息をつきながら、イオリアさんに言う。

「その子は盲目だ。魔力を【視る】力はあるようだが。イズとは別人だぞ」

「流石《さすが》にイズちゃんとは間違えないってー。リ……ガルと一緒にいても平気そうなのは、魔力で人じゃないってわかってるから？」

「我とて初めは驚かれたわ。が、我の正体は知っておるぞ」

ガルとイオリアさんの話を聞いて、疑問が湧いてくる。

そんなに私ってイズファニアさんに似てるの？　というか、イズファニアさんを知ってるってことは、イオリアさんも人間じゃない……とか？

ガルとは親しそうだし、若い女性がイズファニアさんに会っているはずがない。

……でも、魔力反応は普通の人みたいなんだよね。不思議な人だなぁ。

そう思っていると、もう一度イオリアさんが私を見た。

「ねぇ、あなたの名前はなんていうの？」

「フィリス、です」

「わぁ、可愛い声……じゃなくて、フィリスちゃんか。よろしくね！」

「はい」

私の手を握ったイオリアさんは、お風呂の準備をしてくると言ってどこかに行った。

何もすることがなくなったので、【空間把握】で宿の中の探索《たんさく》をしてみる。

（吹き抜け……三階建てかな？）

私のちょうど真上に、天井《てんじょう》まで続く吹き抜けがあった。イオリアさんが落ちてきたのは、ここからだったみたい。

他のお客さんはいないのか、【魔力視】にはガルとイオリアさん以外映っていない。

すると、奥からイオリアさんの声が聞こえてきた。

「ガルー！　フィリスって着替え持ってるのー？」

「今身につけておるもの以外は、持っておらぬな」

ガルは平然と答える。私の着替え……というか、そもそも私は荷物を持ってない。

ナディお姉さんにもらったポーチとペンダント以外は、最初から着ていた服のまま。

「ちょっとぉ!?　『持っておらぬな』じゃないでしょー！　サイズ測るから、買ってきてあげなさい！」

「う、うむ……だが我は魔力が……」

「半端でも、人化獣《ワービースト》だって誤魔化《ごまか》せるでしょ、狼頭！」

言いよどむガルを、イオリアさんが叱《しか》った。

ガルは服や食事には無頓着《むとんちゃく》で、適当にしていることが多い。自分が着替えないからって、私の服がボロボロになってても無関心だった。

イオリアさんは流石《さすが》女性というべきか、私に必要なものがわかっているらしい。

戻ってきたイオリアさんは、素早く私の体のサイズを測った。

「お金は持ってるよね？　さぁ行った行った！」

「フィリスは任せたぞ」

「はいはい。可愛いの探してきてよねー！」

イオリアさんがガルを雑に追い払う。ガルが気にした様子もなかったから、これが普段のやり取りなのかも。

……大柄《おおがら》で筋肉質な人化獣《ワービースト》ガルが、小さい女の子用の服を選んでいる光景を想像すると、ちょっと面白い。どんな服を買ってきてくれるのかな？

「さ、フィリスはこっち！　お風呂お風呂ー！」

イオリアさんに手を引かれて、宿の奥へと向かう。

浴室は思っていたよりもだいぶ広くて、温かい湯気がしっとりと私を濡らした。

私が着ていた服は、もう洗っても使い物にならないそうなので、残念だけど捨てることに。

「一人で入れってのも無茶な話よねー。うん、あたしも入っちゃお！　ちょっと滑《すべ》るから気を付けてねー」

（自由な人だ……）

一瞬で服を脱ぎ捨てたイオリアさんが、私と一緒に浴室に入ってきた。

私一人では体を洗うこともできないから、正直とても助かる。

「じっとしててねー。あたしが洗ってあげる」

「ぉふっ!?」

いきなり、バッシャー！　と大量のお湯を頭からかけられた。

「あっはは！　ごめんごめん」

久しぶりのお湯はとっても気持ちいいけど、頭が取れちゃうかと思ったよ。

「これは洗い甲斐《がい》があるわー。あ、きれいな銀髪」

私の全身を洗いながら、イオリアさんが独り言を呟いている。声が大きいから、独り言なのかはわからないけど。

（おしゃべりさん……）

それはそうと、こんなにジャバジャバと大量のお湯を使って大丈夫なのかな？　この世界のお風呂は、あらかじめ沸《わ》かしておいたお湯を使うはずだけど。

水がかかろうが、泡がつこうが【魔力視】は使える。

それで確かめてみたら、なんとイオリアさんは、その場でお湯を作っていることが判明した。

（水を、直接加熱してる……なんてすごい技術）

この浴室には専用の井戸があるらしく、イオリアさんはそこから汲《く》んだ水に、直接火属性の魔法を当ててお湯にしていた。

しっかりと過熱して、かつ私にかかっても熱すぎない絶妙な温度調節。おしゃべりをしながら、これほど精密な魔力操作ができるなんて。イオリアさんのすごさを思い知ったよ。

「……うん？　足に傷が……結構新しいけがかな？　もう治りかけてるけど、このままだと痕《あと》が残りそう。可愛い女の子に、それはよくない！」

イオリアさんは、私の左足にある傷に気が付いたらしい。馬車につぶされたときのやつだね。

ガルの薬草汁である程度は治ったけど、触ってわかるくらいの傷痕《きずあと》は残ってしまった。それに、まだ立っているだけでも鈍痛《どんつう》がする。

イオリアさんは傷に触《ふ》れたあと、明るい声で言った。

「これ、あとで治療してあげる。傷ひとつ残さないから！」

「え……あ、ありがとう、ございます」

「いーのいーの！　遠慮はなし！」

目立つところに一生傷が残ったままなのかと思っていたから、とても嬉しい。

というかイオリアさん、治療もできたんだね……万能かな？

イオリアさんは、ケラケラと笑いながらしゃべり続ける。

「どーせガルに任せても、『気にするほどか？』って言われるだけだからね……ガルはこういうの、気にしないから」

イオリアさんは、ガルのことをよくわかってる。

実際、ガルには『その程度なら気にはならんだろう』って言われたこともあるし。

……けど、見えなくても意外と気になるものなんだよね。

「はい、おしまーい！　さぁ、お風呂にどうぞ！」

(浴槽《よくそう》……広い！　温泉みたい！)

溜まりに溜まった汚れをしっかり落としてもらったら、念願の浴槽《よくそう》へダイブ……といきたいところだけど、【空間把握】では深さや温度まではわからない。

飛び込みたい気持ちを抑えて、イオリアさんの誘導でゆっくりと足から入る。

「んっ……」

(ちょっと熱め……私が好きな温度だ)

私《フィリス》にはちょっと熱すぎるような気もしたけど、久しぶりだから慣れてないだけかも。

前世の私は、こういう熱いお風呂が大好きだった。

「はぁぁぁぁ……」

首まですっぽりとお湯に浸《つ》かったら、無意識に声が出る。

「どう？　満足？」

「まんぞくです……」

「喜んでもらえてよかったよ！　すっごい気持ちよさそうだねぇ」

イオリアさんが嬉しそうに言った。すっごい気持ちいいです。

しばらく無心でお湯に浸《つ》かっていたら、ガタッと入り口のほうから音がした。

「帰ったぞ、イオリア」

それなりに時間が経っていたのか、ガルが帰ってきたみたい。

「テーブルの上にでも置いといてー。ガルはこっち来ちゃだめだからねー！」

イオリアさんが声を張り上げて、ガルを浴室に近づけないようにしてる。その様子を聞きながら、私はまだお湯に浸《つ》かり続けていたんだけど……

（あれ……おかしいな）

なんだか思考がぼやけるような気がする。体がふわふわ浮いているみたい。

「……うん？　ってあぁー!?　フィリスがのぼせた！」

（のぼせてたんだ……）

イオリアさんの叫びで自覚する。なんだか体に力が入らないなー、と思ったら、のぼせていたらしい。

久しぶりのお風呂が嬉しすぎて、体調のことが頭からすっかり抜けてしまっていた。

イオリアさんが、慌《あわ》てて私を浴槽《よくそう》から引き上げてくれる……ご迷惑をおかけします。

それからイオリアさんに抱き上げられて、浴室の外に出る。

「とりあえず服……へぇ、意外とガルって、服選びの才能あるかもね」

「茶化すな」

「にゅっふっふ、照れてるねー」

イオリアさんがガルと談笑しながら、ぼんやりとしたままの私にてきぱきと服を着せていく。

ガルはちゃんと、私に似合う服を探してきてくれたらしい。

服を着せてもらった私は、ソファーのようなところに寝かされた。

「さーて、フィリスを休ませてるうちにっと。なんでフィリスと一緒にいるのか、聞かせてよねー」

「無論。イオリアの知恵も借りたいと思っておったのでな」

ガルがイオリアさんに、これまでの経緯を話している。

それを聞き流しながら、私は微睡《まどろ》んだ。

そして、それからどれくらい経ったのか。

「……ス、フィリス」

「ん……」

眠っていた私は、ガルが私を呼ぶ声と、体を揺さぶられる感覚で目が覚めた。

いつもなら、私が起きるまでは放っておいてくれると思うんだけど……わざわざ起こすなんて、何かあったのかな？

「どしたの……？」

「む、目が覚めたか。そろそろ食事の時間だろうと思ってな」

あぁなるほど、そういうことね。

もうサバイバルしてるわけじゃないから、ちゃんとした時間にご飯が食べられるんだ。

それならと起き上がった瞬間、後ろから誰かにガバッと抱きつかれた。

「わぁ!?」

「フィリスぅ！　あなた苦労してたのねー!?」

「……えと、イオリアさん？」

私をギューッと抱きしめて、わんわんと泣いているのはイオリアさんだった。

特徴的な赤い魔力が、ぐねぐねと不安定に揺れている。

……なんで、こんなに大号泣してるのかはわからないけど。

（ガルは、何か知ってるかな……）

顔をガルのほうに向けると、ガルはそれだけで、私が言いたいことを察してくれたらしい。

「以前お主《ぬし》が聞かせてくれたことを、そのままイオリアに話したのだが……」

「が？」

「途中でイオリアがこうなってしまってな。涸《か》れるほど泣いておるぞ」

……ガルもよくわかってないみたいだった。

私が前話したやつ……というと、ガルと出会うきっかけになった事件のことだよね。

……確かに。客観的に考えてみると、かなり残酷《ざんこく》な気がする。

私も知らないうちに感覚が麻痺《まひ》していたのか、心のどこかであれはしょうがないことだと思い込んでしまっていたみたい。そんなはずがないのに。

（イオリアさんは、私の代わりに泣いてくれているんだ……）

思い返すと、なんだか胸にモヤッとしたものが生まれる。

けど、イオリアさんが号泣しているからか、私の心はそんなに乱れてない。

より大きなショックを受けている人がそばにいると、当人は冷静になれるらしい。

しばらく沈黙が続いたあと、ガルはゆっくりと口を開く。

「……イオリア、いつまで泣いておるのだ」

「ぐす、仕方ないでしょー!?」

「全く……フィリスに食事を用意するのではなかったのか？」

ガルがため息をつきながら指摘すると、イオリアさんはバッと私から離れた。

「!!　そーだった！　ガルの料理ってマズ……ちょっと薄味だったりするでしょ？　あたしが美味《おい》しい料理、作ってあげるからねー！」

イオリアさんは今まで泣いていたのがうそのように、バタバタと奥の部屋に向かっていく。

というかイオリアさん、今マズいって言いかけたような……ガルには申し訳ないけど、はっきりと否定できない。

「……確かに我は料理ができぬが、フィリスは美味《うま》い食事の作り方を知っておるぞ」

ガルもそれは自覚しているのか、反論はしなかったけど……私の料理の知識は前世の記憶。

この世界の食材は微妙に違うし、全部通用するとは思っていない。……亜飛竜《ワイバーン》の味とか、想像もつかない。だからハードルを上げられるとちょっと困る。

「そーなの!?　どうしよ、急に自信なくなってきたな……」

驚いたようにそう言いながらも、作業の手を止めないイオリアさん。何かを炒《いた》めるような音が聞こえたと思ったら、すぐに美味《おい》しそうなにおいが漂《ただよ》ってきた。

なんだろう、すごく懐かしい……和風な香り。

私がその美味《おい》しそうなにおいを堪能《たんのう》していると、イオリアさんが話しかけてくる。

「そーいえば聞いてなかったね。フィリスって好き嫌いある？」

私が今までに食べたもので、苦手なものはなかった。前世でも、特に嫌いな食べ物はなかったし。もしかしたら、まだ出会ってない食べ物に、嫌いなものがあるかもしれないけど。

「とくには……」

「へー珍しい。でも、よかった！　じゃあこれでいいか……はい、完成！　熱いから気をつけてね」

手を誘導してもらって、大きめなお椀《わん》にたどり着いた。木製スプーンもちょっと大きい。

何度か空振《からぶ》って、どうにかお椀《わん》にスプーンを入れると、ドロッと重い手応えがあった。

（重い？　というか、この感じは、まさか……）

この細かい感触は、もしかしてお米？

「いただきます。……んむっ！」

念入りに冷まして口に運んでみると、和風だしのような香りとお米の食感が、口いっっぱいに広がった。

そう、お米。前世の私のソウルフード。

まさかこの世界にも、前世と同じような料理があったなんて。イオリアさんが作ってくれたのは、雑炊《ぞうすい》みたいなものだった。一度炒めたらしい、シャキシャキの野菜の食感が楽しい。

お米は日本のものより細長いし、出汁《だし》もちょっと不思議な風味があるけど、間違いなくこれは雑炊《ぞうすい》。

感動してどんどん食べていると、ずっと私の前にいたイオリアさんがため息をついた。

「……作っといてなんだけどさ。フィリスって勇気あるよね」

「ふぇ？」

私が首を傾げると、イオリアさんはケラケラ笑う。

「見えないものを躊躇《ためら》いなく食べるのって、結構すごいことだと思うなー。あたしには無理」

それは……確かに。私はにおいとかで判断できるし、作った人が目の前にいるなら、感情を読み取れば危険かどうかがなんとなくわかる。そのせいで、あまり躊躇《ためら》いがないのかも。

「フィリス、もうちょっと警戒しなさいな。毒とかなら、ガルが気付くだろうけどねー」

「はい……」

イオリアさんに注意された。でも納得できる。私は見た目で判断できないんだから、食べるものにはもっと気を配るべきかも。ちょっとだけ口に入れて、味がおかしくないか確かめるとかね。

すると、ガルが少しだけ困ったように言う。

「我とて、フィリス自身の禁忌食材《アレルギー》まではわからぬが……」

「そこはほら、ガルが注意して見ておかないと」

「まぁ……そうなのだがな」

私も私《フィリス》のアレルギーは知らないからなぁ。急に食べられないものが出てきたら困るね。どこかで調べられないのかな。

ポーションは万能みたいだから、アレルギー反応にも使えそうだけど。確信が持てないものに頼りきりなのはマズいかな。

イオリアさんは「まあそれは置いておいて」と、今度はガルに問いかける。

「ガルも食べる？　まだあるよー」

「いや、今回は遠慮しておこう。ちと買いたいものを見つけておったゆえ、少し外す」

「そーぉ？　じゃ、食べたくなったらテキトーに食べてね」

「うむ」

ガルは食べないんだ……美味《おい》しいのに。

何か買いたいものがあるとかで、ガルは完全な人型に変身して宿を出ていった。

この先必要な道具とかを買いに行ったのかな？

食事を終えると、イオリアさんがふと思い出したように聞いてきた。

「あ、そーだ。お部屋はガルと一緒でいいの？　他に誰もいないし、別にもできるけど」

……私はどうしても、一人で眠るのが怖い。

最近はナディお姉さんかエリーが近くにいてくれたし、今はガルがいてくれる。

とにかく、近くに知ってる誰かの気配がないと、急に不安になってしまう。

「いっしょが、いいです」

「うんうん、じゃ、そうしよっか！」

私の答えに頷いて、イオリアさんは部屋に案内してくれた。

「二階の隅《すみ》なんだけど、ここは掃除したばっかりだから、ちゃんときれいなはず！」

「はい」

私は返事をしたあと、【空間把握】で部屋の中を意識する。

（私の部屋より広い……ベッドはひとつかな？）

「勝手にお部屋から出ちゃだめだからねー。階段とか危ないし。あたしは丈夫だから平気だけど、フィリスは落ちたら大変だからねー」

（笑って言うことじゃないような……）

「じゃ、何かあったら大声で呼んでねー。ガルが帰ってきたら、ガル経由でもいいけど」

イオリアさんは、私の靴《くつ》を脱がしてベッドに座らせると、一階に戻っていった。

誰もいなくなると、とたんに寂しさが胸を刺す。

ナディお姉さんにもらったペンダントを握って、大丈夫だと自分に言い聞かせた。

（横になろう……）

ガルがなるべく早く帰ってくることを願いながら、ベッドに寝転ぶ。

久しぶりに横になったベッドは、とても柔らかくて暖かい。ガルが帰ってきたら、ベッドを半分譲らないとなぁ……なんて思っているうちに、私は微睡《まどろ》んだ。

不安や寂しさも、お布団の誘惑には勝てなかったみたい。

翌日。覚醒《かくせい》した私は、その寝覚めのよさに驚いた。

（あぁ、体が軽い。ベッドって偉大なんだね……）

サバイバル中は、寝ても覚めても体が軋《きし》んで、あまり休めた感じがしなかった。普通の生活をしていると気が付かなかったけど、柔らかいベッドはすごい。たった一回の睡眠で、こんなに疲れが取れるなんて。

（……起きるか。うーん、名残《なごり》惜《お》しい）

二度寝の誘惑を振り切って、モソモソと起き上がる。

鏡を使えない私は、手の感覚だけで身だしなみを整えなきゃいけないんだけど、手櫛《てぐし》で髪を軽く梳《と》いても、どうなっているのかわからない。

しかも、ガルが買ってきてくれた服のまま寝ちゃったから、かなり服にしわができていた。

引っ張っても撫でても戻らない……これは諦めるしかないか。

（ん？　この足音は……）

私が起きたことに気が付いたのか、ガルがこっちに向かってきてるみたい。【空間把握】を使って靴《くつ》を探す。

私がなんとか靴《くつ》を履《は》いたところで、ちょうどガルが入ってきた。魔力反応を視る限り、今日は人化獣《ワービースト》の中途半端な変身をしているみたい。

「起きたか、フィリス。よく眠れたか？」

「うん。おはよう、ガル……ほぇ？」

……いきなりひょいっと抱き上げられた。そのままガルは、ずんずん歩き出す。

確かに、一人で二階から下りるのは危険だけど……こう、荷物みたいに脇《わき》に抱《かか》えられると、なんか複雑な気持ちになる。

一階に着くなり、待っていたらしいイオリアさんが深いため息をついた。

「……ガルさ、抱っこの仕方とか覚えない？　フィリスが変な顔してるよ？」

「む？　このほうが早いと考えたのだが……」

「確かにそーだろうけどね？　もうちょっと、女の子の気持ちってものを考えないと」

「？」

……ガルはわかってないっぽいね。まぁ、こういうところもガルっぽいといえばそうなんだけど。

納得がいかなかったらしいイオリアさんが、女の子の扱いについてガルにお説教をしてる。

……でもせめて、私を下ろしてからにしてほしかったな。

ガルは身長が高いから、私の手足はどこにもついていない。

「……ガル」

「む？　おぉ。すまぬな、フィリス」

ガルは流石《さすが》に言いたいことを察してくれたようで、私を椅子に座らせてくれた。なんか一瞬、ガルに忘れられていたような気がしないでもないけど……私の気のせいってことにしておく。

ガルが私を連れてきたのは朝ごはんのためだったらしく、イオリアさんのお説教が終わるとすぐに、和風な香りの料理が運ばれてきた。

今日はうどんかな？　太いパスタみたいな麺で、スプーンとフォークじゃ食《た》べ辛《づら》いけど美味《おい》しい。

「あ、そーだ。昨日ガルに言われてた魔道具は、全部用意できたよ。友情価格にしといたから」

私がうどんらしき麺を頬張っていると、イオリアさんが唐突に口を開いた。何かを受け取ったガルが首をひねる。

「うむ……む？　イオリアよ、なぜ相場以上の金額が記載されているのだ」

「ちぇ、バレたかー。はい、こっちが正しい価格ね」

イオリアさんがさりげなくぼったくろうとしていたみたいだけど……友情価格で上乗せってどういうことだろう。

私がそんなことを思っていると、ガルの声が明るくなった。

「ふむ。助かったぞ、イオリア。これでフィリスの姉捜《さが》しが、ずいぶん楽になる」

「ちゃんとお姉ちゃんと再会してほしーからね。手抜きなしで集めたよ！」

私のために魔道具を集めてくれたんだ……なんて優しい人たちなんだろう。

二人の優しさが身に沁《し》みて、私の頬を涙が伝う。また泣いちゃったみたい。

「ありがとう、ございます……」

「いーのいーの！　ナディちゃんっていうんだっけ？　無事に会えるといいね！」

「……はいっ」

わっしゃわっしゃと、イオリアさんが強めに私の頭を撫でた。

ナディお姉さんが、「ちゃん」付けされるような年齢じゃないことは黙っておこう。

「フィリス、そのペンダントを借りてもよいか？」

すると突然、ガルがそう言った。ペンダントって、私がつけてる魔道具のことだよね。

「え……これ？」

「うむ……あぁ、壊したりはせんぞ」

そんなことをガルがするとは、欠片《かけら》ほども思ってない。でも、これはナディお姉さんにもらったもので、取るとナディお姉さんとの繋がりまでなくなってしまうような気がして……外すのがちょっと怖い。

（落ち着け私……大丈夫）

ガルにはきっと何か考えがあるんだろうし、外したってナディお姉さんが消えてなくなるわけじゃない。ちょっと震える指でペンダントを外して、それをガルに手渡す。

「……どうぞ」

「うむ、確かに受け取った」

ガルは魔力をまとう小さな箱を取り出して、そこに私から受け取ったペンダントを入れた。あの箱も魔道具かな。

「フィリスが姉にもらったというこれは、感応型魔道具だ。対《つい》になるペンダントは、恐らく姉が持っておるだろう……つまり」

「その魔力を追跡できれば、ナディちゃんのところにたどり着く！」

「そういうことだな」

嬉しそうに声をあげたイオリアさんに、ガルが深く頷く。

感応型魔道具っていうのは初めて聞いたけど、あのペンダントがあれば、ナディお姉さんを捜《さが》しやすくなるのはわかった。

すると、ふわん……と、ガルが持っている箱から白い魔力の線が伸びる。

「……む、うまくいったな。この魔道具では、生憎《あいにく》と方角しかわからぬだろうが……」

「どっちにいるかわかるなら、それでじゅーぶんじゃない？」

イオリアさんの言葉に、ガルが首を縦に振った。

「うむ、そうだな。これで十分だ」

細くて儚《はかな》げで、すぐ途切れてしまっているけど……あの白い魔力が指す方向に、ナディお姉さんがいるってこと？

「ねぇさま……」

私の意思とは関係なく、ふらふらと光に引き寄せられる蛾《が》のように、魔力の線に沿って歩く私《フィリス》。足が止まらない。

私が焦《あせ》っていると、イオリアさんが抱きしめてくれた。ガルも、優しく声をかけてくれる。

「そう急《せ》くな、フィリス」

「この魔道具ねー、効果が安定するまで半日くらいかかっちゃうんだよ。すっごい弱い反応だから、もっとかかるかも。その間は動かせないから、今日はお休みだよ」

「……はい」

イオリアさんの言葉に反抗するように、すぐにでも会いに行きたいと駄々をこねる私《フィリス》を、必死で抑え込む。自分で自分と戦ってるような気分だよ。

精神的には大人でも、体はまだまだ幼児……最近、体《フィリス》に引っ張られているような気もするけど。

イオリアさんに優しく背中を撫でられて、ようやく落ち着いてきた。

ここで私が無理を言って、ナディお姉さんの魔力を追えなくなったら本末転倒《ほんまつてんとう》。

今はおとなしく、効果が安定するのを待つべきだよね。

「気晴らしに、面白いもの見せてあげる！　……っていうか、触らせてあげる！」

焦《あせ》りがまだ私の顔に出ていたのか、イオリアさんがそんなことを言い出した。

(面白いもの……？)

言い直したのは、私が盲目なのを思い出したからだと思う。でも……触《ふ》れて面白いものってなんだろう。

「フィリスは、ガルが聖獣の『風狼リルガルム』だって知ってるよね？」

「？　はい」

「うんうん！　じゃあ、同じ聖獣の『炎狐《えんこ》』は知ってるかな？」

「……いえ」

質問の意図はよくわからなかったけど、とりあえず素直に答える。

ガルが聖獣なのは本人から聞いたけど、それ以外の聖獣については何も知らない。

私の返答を予想していたのか、イオリアさんの魔力が楽しそうに揺れた。

「にゅっふっふ、目の前にいるんだなーこれが！　もう一人の聖獣！」

「……え？」

「何を隠そう！　このあたしこそが、『炎狐イオリア』でっす！」

「えええええ!?」

じゃじゃーん！　と、自分で効果音をつけて、ポーズを取るイオリアさん。

心から驚く私を見て、まるでいたずらが成功した子供のように、ケラケラと笑っている。

（え？　いやだって、人の形……え？）

確かに、魔力の感じがガルに似てて、ガルともずいぶん親しそうだなぁとは思っていた。

でも、イオリアさんはどこからどう視ても人。狐《きつね》っぽさはない。ガルは変身に魔力を使うって言ってたから、イオリアさんがずっと変身しっぱなしだとも思えない。

いったい、何がどうなっているのか……頭がこんがらがってきた。

「驚いてるねー。予想どーりの反応で、あたしは嬉しいよ！」

頭上にクエスチョンマークを出しまくる私を見たのか、ガルが深いため息をつく。

「混乱しておるだけにも見えるがな……」

「そーいうこと言わないの！　ノリ悪いなぁ」

イオリアさんが、ペシッとガルを叩《はた》いた。私はガルが言う通り、驚いてるというか、もう何がなんだかわからなくなってるだけなんだけど……

すると、イオリアさんの魔力がどんどん強くなっていくのを感じた。

「聖獣イオリアの本気を見よ！　……ふんっ！」

「ふぁっ⁉」

（魔力反応が……って、ケモ耳⁉　尻尾もある⁉）

イオリアさんが気合いを入れると、その頭からにょきっと、大きな動物の耳が生《は》えてきた。腰の辺《あた》りからは、長くて大きな尻尾も生《は》えている。

赤い魔力がよりキラキラと輝いて、オレンジ色に近い赤に変わった。

これは、色こそ違うけどガルと同じ輝き……イオリアさんは、本当に聖獣なんだ。

イオリアさんは生《は》えてきた尻尾をずいっと前に持ってきて、私の手を取って触らせてくれた。

「どう？　気持ちいいでしょ？」

「ふわふわ……」

極上の毛布を撫でているような感触と、心地いい温かさ。

（これ……クセになる……）

イオリアさんの尻尾は、お日様の香りがした。

「むむ、もうだめ……やっぱり、あんまり長時間は維持できないなー」

イオリアさんがそう言うと同時に、シュルシュルと風船がしぼむように魔力反応が元に戻った。耳と尻尾も引っ込んで、普通の人型になってる。

「あ……」

（引っ込んでっちゃった……残念）

私が名残惜《なごりお》しい気持ちになっていると、イオリアさんが語り始める。

「このとーり、あたしの正体は、聖獣でした！　ま、生まれつき人っぽかったんだけど……」

イオリアさんが言うには、本来、炎狐は狐《きつね》の姿をしてるはずなんだけど、聖獣として生まれたときにはすでに人型だったらしい。今の見た目になってからは全く成長していないそうで、人の入れ替わりが激しいこの休憩所で生活して、不老長寿《ふろうちょうじゅ》なのを隠しているんだとか。

誰にも顔を覚えてもらえないことが、イオリアさんは逆に嬉しいんだって。

一通り話し終えたあと、イオリアさんは少しだけ声のトーンを下げる。

「ガルとかと比べると、地味なんだけどねー。炎《ほのお》を操るくらいしかできないしさ」

「お主《ぬし》……薬学や医術に精通しておるうえ、独力で錬金術《れんきんじゅつ》まで身につけながら、まだ不満か」

「だって能力じゃないしー」

イオリアさんは不満そうだけど、全然地味なんかじゃないと思う。

できないことはないいんじゃない？　ってくらいハイスペックだし。ガルは変身と風を操る能力を持ってるらしいけど、イオリアさんみたいな専門知識はほとんど持っていない。

この知識量は、ずっと人として生活していた、イオリアさんだからこその力だと思う。

「すごい、です……」

私が素直に思ったことを口にすると、イオリアさんの魔力が嬉しそうに揺れた。

「さて、フィリスに笑顔が戻ったところで！　その足の傷、治しちゃおう！」

（あ、忘れてた……）

そういえば昨日、そんなことも言ってたっけ。一晩眠ったら忘れてしまっていた。

「ありがとう、ございます」

私がお礼を言うと、イオリアさんは私の頭を優しく撫でて、治療の準備を始めた。

イオリアさんの治療は、その人に合わせたオリジナルのポーションを使うんだって。私のけがを治すポーションは、昨日のうちに完成してたらしいけど。

イオリアさんは私の傷の具合を改めて確認しながら、トゲトゲした感じの声を出す。

「ガルー。もう、フィリスに傷、残さないでよね！」

「……確約はできかねる」

「そこは絶対って言いなさーいっ！」

ガルとイオリアさんの温度差が大きすぎる。まるでコントでも聞いているように賑《にぎ》やか。

こういう温かい雰囲気が、私を癒《いや》してくれる。

足の治療が終われば、私はまた走ったり跳んだりしても大丈夫になるらしい。

……足元が見えなくて怖いから、多分走らないけど。

◆　◆　◆

フィーちゃんを失ってから、六日が経った。

私――ナディは、激しく自分の無力さを呪った。

自棄《やけ》になって塞《ふさ》ぎ込《こ》んで、何日も部屋から出ずに過ごした。

あまりの絶望に、自死しようと思ったことだって、幾度となくあった。

でも、それも今日で終わり。

……こんなところで、諦めてたまるものか！

そう決めて、私はあるところに向かった。

そこはお屋敷に併設された地下牢で、囚《とら》われているのは……エリー。

「……フィリスさまを、捜《さが》しに行く？」

「ええ、もう決めたわ」

弱々しい声のエリーに、私は力強く頷いた。

憔悴《しょうすい》しきった表情に、全てを諦めたかのような、暗くうつろな目。何度も何度も叩きつけたのか、赤黒く腫《は》れて痛々しい両手……こんなエリーは、初めて見る。

エリーは、フィーちゃんが行方不明《ゆくえふめい》になったあと、ゲランテに短剣を突き立てようと襲いかかり、捕まってここに投獄《とうごく》された。

結果として失敗に終わってしまったけれど、私はよくやったとエリーを褒《ほ》めてあげたい。

「……どうしてそれを、私に？」

暗い瞳のままのエリーに、私は言い聞かせるようにゆっくりと話しかける。

「あなたの力を、貸してほしいのよ」

「私の……ちから……」

この地下牢には、エリー以外誰もいない。最低限の食事の用意はしているようだけれど、何日も投獄《とうごく》されていたら心を病《や》む。壊れかけたエリーなら、なおさら早く。

……でも、エリーはまだ立ち上がれる。そう信じて、ただ静かにエリーと会話する。

けれど、エリーは弱々しく首を横に振った。

「私は、無力です……フィリスさまを、お守りできませんでした……」

「そうね、私も無力よ。あれだけ大口を叩いておきながら、このザマ……自分を殴《なぐ》り飛ばしたくなるわね」

「そんな……ナディさまは……っ」

そこでエリーが口を噤《つぐ》む。私の顔を見て、エリーと同じだと……絶望を味わったと気が付いたらしい。自分でもわかるほど、暗い顔をしているのだから。

私にとってフィーちゃんは、何ものにも代えがたい最愛の妹。

……そしてそれは、エリーも同じ。彼女もまた、フィーちゃんを家族だと思っている。

家族を失った私たちは、力を合わせなくてはならない。独りでは、いずれ壊れてしまうから。

「フィーちゃんは生きているわよ、絶対に。だから、私はフィーちゃんを捜《さが》しに行くわ。……もう一度聞くわね。私と一緒に、来てくれないかしら」

本当は、無理にでも連れ出したい。でもそれでは、エリーのためにはならない。

エリーが自分の意思で立ち上がってこそ、本当の再出発ができる。

もちろん、フィーちゃんが生きている確証なんてない。むしろ、あの状況で生きていると考えるには、だいぶ無理がある。

それでも私は信じ続ける。他の誰が嘲笑《あざわら》おうとも、私だけは絶対に諦めない。

（さぁ……エリーはどうかしら？）

エリーの返事をじっと待つ。うつむいていたエリーは、しばらくすると顔を上げて立ち上がった。

「……行きます。私を……私も連れていってください！」

うつろだった目に光が戻り、エリーは鉄格子《てつごうし》を掴んで必死に叫ぶ。

「おかえりなさい。よく立ち上がったわね、エリー」

ほら……エリーは大丈夫。こんなところで、めそめそしていてはだめ。

あなたはもう、こんな暗い地下牢にいる必要なんてない。

「〈断ち切れ――水刃《すいじん》〉」

魔法を使い、鉄格子《てつごうし》を切り落とす。こんな安っぽい鉄なら、私の前ではないも同じ。

「うわ!?　いきなり魔法を使わないでください！」

目の前を水の刃《やいば》が掠《かす》め、エリーはすっかり元の調子に戻って文句を言った。

「鍵を取ってくるのが面倒だったのよ……はい、ポーションよ。あなたはまず、身だしなみを整えなさいな」

「あ、はい。ありがとうございます」

エリーは私からポーションを受け取ると、ペコリと頭を下げる。それを見て、私は微笑んだ。

「ここから私のお部屋までは、何も言われずに行けるわよ」

エリーと私が一緒にいて、文句を言える人はここにはいない。というか言わせない。

ゲランテとリードは不在だし、使用人に、私に文句を言う勇気はない。

……もうあの人たちのことを、父や兄と呼びたくはない。

すぐに私の部屋に移動して、エリーに今の状況を話すことにした。

「あなたにも教えておかないといけないわね。あの事件の真相を……」

ゲランテがフィーちゃんを排斥《はいせき》しようとしていたこと。

あの日の前夜、屋敷にいた裏稼業の人間とゲランテとの会話の内容。

……そして、橋の崩落《ほうらく》のときに聞いたゲランテの言葉と、あり得るはずがない魔物の出現。

「泥沼の王《シュラム・モレ》は、本来湿地に生息する魔物……深緑の谷の近くにいるのは、あまりにも不自然だったわ。だから調べたのよ。あの魔物が、どこから来たのかをね」

私自身がもう一度整理するためにも、ゆっくりとしゃべる。

あれだけ大きな魔物が、湿地から自力で移動してきていたのなら、絶対にどこかで目撃されているはず。あの魔物が通ったところには、必ず巨大な掘削痕《くっさくこん》ができるから。

……それなら、冒険者ギルドに討伐《とうばつ》依頼が出されているかもしれない。

そう思った私は、アシュターレ領にある冒険者ギルドに問い合わせて、泥沼の王《シュラム・モレ》の討《とう》伐《ばつ》依頼を全て開示してもらった。

「それで……どうだったんですか？」

エリーが緊張した様子で聞いてくる。私はため息をついて、首を横に振った。

「この近辺で、泥沼の王《シュラム・モレ》が目撃されたことはなかったわ。つまりあの魔物は、魔物使いがどこかから連れてきたのよ。檻《おり》に入れて運べば、目撃されることもないでしょうし」

魔物を使役《しえき》することができる特殊《とくしゅ》な《ギフト》を持った、魔物使いと呼ばれる人たちがいる。その人たちは、能力の危険性から、ほとんどがそれぞれの領主に動向を監視されている。

もちろん、このアシュターレ領も例外ではなかったわ。

「……ゲランテなら、泥沼の王《シュラム・モレ》を使役《しえき》できるような魔物使いを、知っていたでしょうね」

私がそう言ったとたん、エリーが驚愕《きょうがく》に目を見開いて、わなわなと震え出した。

「そんな、それでは……フィリスさまは……！」

絞《しぼ》り出《だ》すような、怒《いか》りに震えた声。エリーも、私が言わんとしていることに気が付いたらしい。

私は大きく息を吐いて、静かにエリーに告げる。

「そう……あれは事故なんかじゃないわ。初めから仕組まれた、殺害計画だったのよ」

「っ！」

拳《こぶし》を握り締めて、ただ怒《いか》りをあらわにするエリー。私にも、その気持ちが痛いほどわかる。

……私は唇をぐっと噛みしめて、まっすぐにエリーを見た。

そして、怒《いか》りに呑まれたエリーが壊れてしまわないように、あえて明るい口調で話す。

「……というわけで、私はここを出ていくことにしたわ」

「へ？　出ていく……それは、アシュターレの姓《せい》を捨てる、ということですか？」

深く激しい怒《いか》りを滲《にじ》ませていた表情から一転して、毒気を抜かれたようにエリーがぽかんとした顔になった。

これなら、しっかりと話を聞いてくれそうね。私は微笑んで、深く頷いた。

「ええ。これからは、ただのナディとして生きていくの」

フィーちゃんを捜《さが》しに行くのに、私が貴族である必要はどこにもない。

平民でも、できることは多い……むしろ、面倒なしがらみがなくて都合がいい。

「私は元々平民なので、特に何かが変わるわけでもないですね」

「なら、私の弟子《でし》とでも名乗っておきなさい」

そう言うと、エリーは驚いたように私を見た。

「……よろしいのですか？」

「《加護持ち《かごも》》なら、弟子《でし》の一人くらいほしいじゃない？」

魔法使いに年齢は関係ない。私がエリーを弟子《でし》だと言っても、なんら不思議ではない。

ここから先は、誰にも頼ることができなくなる。

少しでも、エリーの安全を保証する必要があるから、師弟関係というのはちょうどいい。

「すぐに出立なされるのですか？」

「うーん……家出する前に、おバカさんたちに仕返しをしようと思うのよね」

「と、言いますと？」

ゲランテたちがいない今は、こっそり消えてしまういい機会。

でも、ただいなくなるだけじゃ、私の溜飲《りゅういん》が下がらない。どうせなら、ゲランテたちには私たちと同等の……いや、それ以上の絶望を与えてからいなくなりたい。

「エリー、私の髪を切りなさい」

「はいわかりま……ってえぇぇぇぇ⁉　そんなことをしたら、ナディさまは……」

「どうせ戻ってこないのだし、私も踏ん切りがつくわ」

エリーは躊躇《ためら》っているけれど、私はもう決めた。

貴族の女子にとって、長い髪は美しさの象徴《しょうちょう》。そして同時に、自分が貴族であるという証明のようなものでもある。

女子が短く髪を切るのは、処刑されるときか追放されるときだと暗黙の了解があるほど、大切なもの。

「アシュターレ家長女、ナディ・エル・アシュターレはここで死ぬわ。さぁさぁ、サクッとやっちゃって！　生まれ変わってやるんだから！」

「ど、どうなっても知りませんよ！」

ナイフを私の髪に当てたエリーが、プルプルと震えて浅く息を吐く。

「……えいっ！」

サクン、と軽い音がして、あっけなく私の髪は切り落とされた。

鏡を見てみると、切られた私の髪は、肩にも届かない長さになっていた。ここまで短く切ったことはなかったけれど、なかなか似合っていると思う。

「へぇ、いいじゃない。なんだかすっきりしたわ！」

「ううう……一生忘れられない感覚です……」

切った髪の束を持ったまま、エリーがぶつぶつと呟いている。私はため息をつきながらエリーに言う。

「私が頼んだのだから、あなたは気にしなくていいのよ。それは捨てないでおいてね。まだ使うから」

「そもそも捨てられません……」

私の髪は、ゲランテに対する最大の嫌がらせに使える。

フィーちゃんを始末したあと、私とエリーに監視をつけていなかったのは失敗ね。

——ここから、私たちの反撃が始まる。

（その結果、アシュタ—レが滅《ほろ》びようとも……）

もう後戻りはできない。もう振り返ることはしない。

待っていてね、フィーちゃん。私が必ず、迎えに行くから。

第四章　希望の光《みち》と再出発

イオリアさんに私の左足を治療してもらって、ついでに全身のケアもしてもらったあと。

イオリアさんとガルが確かめたところ、追跡魔道具は明日まで使えなさそうだという結論が出た。

ペンダントはかなり小さい魔道具だから、ナディお姉さんの魔力を追跡するのが難しいらしい。

……というわけで、今日一日は暇になった。

ただぼーっとしていると、また感情のコントロールが利《き》かなくなるかもしれない。

そこで私は、ガルに頼んで休憩所の案内をしてもらうことにした。

「まぁ、散歩でもせぬと落ち着かぬか」

「おねがい」

ガルは快《こころよ》く了承してくれた。

ここではなぜか和風な味付けの料理が出てくるし、どんな場所なのか気になるんだよね。

前世の記憶が戻る前も戻ってからも、ここに来るまで和風料理は食べたことがなかったはず。どちらかというと、洋風な食べ物が多かった。

イオリアさんの宿から外に出ると、ガルは私を抱《かか》えて、話しながら移動する。

「そういえば、まだお主《ぬし》には詳しいことを話していなかったな。この国はダナーリオ公国という。豊かでおおらかな、よい国だな」

「だなーりお……」

私が呟くとガルは頷いて、説明を続けてくれる。ここはエイス王国の隣の国で、国土のほとんどを湿地《しっち》が占《し》めているんだそう。そのおかげか、国内には大規模な穀倉地帯《こくそうちたい》が広がっているらしい。しかも、海に面した国でもあるとか。

（……日本に似た特徴の国、なのかな？）

ダナーリオ産の小麦と海産物の加工品は、世界中に輸出されているらしい。私が気になっていた懐かしい味付けは、日本のように海産物の加工品から取れる出汁《だし》によるものだった。そのうち、煮干しみたいなものとも出会うかもしれない。

　私が食材に思いを馳《は》せていると、ガルは足を止めた。

「ここが、我らが訪れた際に、真っ先に立ち寄った広場だな。ダナーリオの法に触《ふ》れさえしなければ、誰であれ利用できる」

「へぇ」

　確かに、階段を上りきったときと同じように人の反応が多くて、がやがやと騒がしい声が聞こえてくる。ただ、ここには私のような子供はいない。誰もが、どう視ても大人の体形をしているのがわかる。

「こども……いないの？」

「本来は子供の来るようなところではないからな」

（あ、そっか……ここは冒険者のためにあるんだっけ……）

　深緑の谷に下りる目的の人が集まる場所なんだから、普通に考えたら子供がいるわけがないよね。そう思っていたら、ガルが私の耳元で小さく囁《ささや》いた。

「迂闊《うかつ》に我から離れるでないぞ、フィリス。お主《ぬし》は我が抱《かか》えておるゆえ、まだ安全であろうが……ここには、冒険者や商人に交《ま》じって、よからぬ輩《やから》も来るのでな」

「え、うん……」

……なんか怖いこと聞いたなぁ。

ガルいわく、若い冒険者を騙《だま》して攫《さら》って、商品として売りさばくという、えげつないことを平気でやる奴隷商《どれいしょう》っていう人たちもいるらしい。

特に若い女の子がターゲットにされることが多くて、さらに幼くて見た目がいいという私は、そういう連中の餌食《えじき》になりやすいんだって。

……ガルから離れないようにしよう。魔力で感情が視破《みやぶ》れるとはいえ、力じゃ対抗できそうにないし。首にしがみついた私を安心させるために、ガルが明るく笑った。

「はっはっは、安心せい。そのような輩《やから》が寄ってくるとも思えん。もっとも、来たところで返《かえ》り討《う》ちだがな」

（まぁ、ガルは大柄《おおがら》だし、刀持ってるし……口調だって凄みがあるもんね）

身長二メートルくらいの強そうな人に変身したガルに、よからぬことを考える人たちが寄ってくるとも思えない。もしいたら、相当命知らずだよね。

ガルは広場を離れて、【空間把握】では細い道のように視えるところを歩く。

「この辺《あた》りは宿場だな。イオリアのような奇特な者を除けば、だいたいがここに集《つど》っておる」

（奇特って……）

私は心の中で苦笑いしながら、周囲に意識を集中させた。

両脇《りょうわき》は壁……じゃなくて建物だね。二階建てか、三階建てのところもありそう。

建物はほぼ宿らしくて、どの建物にも、たくさんの人の魔力反応がある。

通りを歩く私たちに気が付いたのか、左右の建物から人が出てきた。

「客引きに捕まると面倒だ。次に行くぞ」

「うん」

これだけ宿があると、お客さんを確保するのも大変なんだろうね。客引き担当の人からも、必死な感じが伝わってくる。

イオリアさんのところに宿泊している私たちには関係ないからと、ガルは足早に宿場通りを出た。

「ここは商店が数店あるな。お主《ぬし》の服や、イオリアが魔道具を買ったのもここだ」

その先の道を歩きながら、ガルがそう説明してくれる。どうやら商店街みたいなところらしい。

「なんでもあるんだね」

「うむ。食料に衣類、金属製品に魔道具……果ては森で採《と》れる素材まで。地上の村にも劣《おと》らぬ品ぞろえよな」

……ここで生活するのも難しくなさそう。

そういえば、私の服をここで買ったということは、子供は来ない場所なのに、子供服は売ってたんだね。これを持ってきた商人は、何を考えたんだろう。おかげで助かったけど。

「この先には鍛冶場《かじば》があるが……我らに用はないゆえ、ここで終《しま》いだ」

「わかった。ありがと」

ガルはそう言って、来た道を戻る。休憩所の探検はここで終わりらしい。

かすかに聞こえてくる、カーンカーン……という音は、金属を鍛《きた》える音だったみたい。

そしてそのまま帰るのかと思ったら、ガルは近くにあったお店に入った。

(あれ？)

狭い店内に、棚が並んでるのかな。商品はわからないけど、小物を扱うお店かな？

ガルは何やら店内を物色《ぶっしょく》して、何かを手に取った。

「……これがよいか。店主、これをくれ」

「まいど！　包みはどうしやす？」

「そのままでよい」

「あいよっ」

そのままっていうことは、すぐ使うもの……ガルは何を買ったんだろう。【空間把握】では小さいものまでは感知できないから、わからない。

まぁ、私に関係あるものだったら、そのうちわかるよね。

イオリアさんの宿に戻ると、ガルはさっきの何かをイオリアさんに渡して、耳元で囁《ささや》いた。私に聞かれたくないことなのかもしれない。

ガルに耳打ちされたイオリアさんは、大きく頷く。

「夕方までには仕上げるよー」

「すまんな、イオリア」

「いーのいーの！　こういうのは、あたしも楽しいし」

仕上げる……ガルが買っていたのは、何かの材料だったのかな。

（うーん、気になる）

見えないからこそ、何を買ったのかが気になって仕方がない。

でも、「さっき何買ったの？」っていきなり聞く勇気はないんだよね。

もやもやしながら過ごしていたら、あっという間に夕食の時間になっていた。

ガルは今後必要なものを買い集めてくると言って、また出かけた。

ガルがいるうちに、やっぱり聞いておけばよかったかなぁ……なんて思っていたら、突然イオリアさんが大きな声をあげる。

「フィーリス！　ちょっとじっとしててねー」

「へ？」

何がなんだかわからないけど、とりあえずじっと動かずに待つ。

するとイオリアさんは、私の背後に回って髪に優しく触《ふ》れた。

「あー……やっぱ引っかかるね。せっかくきれいな髪なんだし、お手入れしないともったいないよー」

（この感触は……櫛《くし》？）

鼻歌を歌いながら、イオリアさんが丁寧に私の髪を梳《す》いていく。誰かに髪を梳《す》いてもらうのは、何日ぶりだろう。ナディお姉さんと離れ離れになってから、ずっと放置していた私の髪は、指すらまともに通らないほどうねってしまっていた。

……見た目も相当ぐちゃぐちゃだろうし、イオリアさんも流石《さすが》に放っておけなくなったのかな。

そのとき、突然ふわりと花の香りが広がった。

「あ……いいにおい……」

思わず声が漏れた。イオリアさんが、私の髪に何かを塗ってるみたい。優しく梳《す》かれるたびに、髪がサラサラになっていくのがわかる。

「これは……？」

「香油だよ。フィリスに似合う香りにしたんだー」

（イオリアさんが作ったの？）

……本当にこの人、万能だね。

香油なんて初めて使ったけど、こんなに髪質が変わるものなんだ。私が知っている香りづけの香油とは、少し違うのかもしれないけど。ナディお姉さんやエリーは使っていなかったと思うから、エイス王国じゃ一般的じゃないのかな。

もしくは、相当な高級品とか……考えるのはやめよう。知らないほうがいいこともある。

しばらくするとイオリアさんは手を止めて、私の顔を上から覗《のぞ》き込《こ》んでくる。

「どう？　気に入ってくれた？」

「はいっ」

「よかったー！　一応、魔物を寄せつけない香りにしてあるから、外でつけても平気だよん」

イオリアさんはケラケラと笑いながら、すごいことを教えてくれた。

街中だけじゃなくて、移動してるときでも使えるようにしてくれたなんて……イオリアさんは、私のことをよく考えてくれている。

そして、「これあげる！」と手渡されたのは、残りの香油が入った瓶《びん》。

マナポーションの瓶《びん》よりも少し大きくて、ペットボトルみたいに回して開けるフタがついてる。これなら、見えなくてもポーションとは間違えない。

「使い方はガルに仕込んでおくからねー」

（ガル、すっごい不器用だけど大丈夫かな……）

イオリアさんの言葉に、私は不安になった。

自分じゃできないし、誰かにやってもらうしかないのはわかっているんだけど、大雑《おおざっ》把《ぱ》で不器用なガルが、繊細《せんさい》な作業を覚えられるのかな。

……頑張ってもらうしかないかなぁ。

「あ、そーだ」

パンッと手を打ったイオリアさんが、私の前に移動して服をいじり始めた。

何をしてるのかわからないけど、またまたじっとして待つ。

するとイオリアさんは、手早く何かを私の首に巻きつけた。

「おー、似合う！　やっぱガルって、センスあるのかなー」

「？」

私が頭に疑問符を浮かべているのに気付いたようで、イオリアさんが楽しそうに教えてくれる。

「あ、今つけたのはねー、ガルが買ってきたリボンだよ。フィリス用にちょっといじったけど。どっかで買ってなかった？」

……あのときの！　私が気になっていたガルの買い物は、私のリボンだったんだ。

それならそうと、すぐに言ってくれたらよかったのに。ガルが帰ってきたら、お礼を言わないとね。

触ってみると、柔らかい素材でできた細めのリボンなのがわかった。端には刺繍《ししゅう》が施《ほどこ》されているのか、複雑な縫い目のようなものがある。

「そのリボンはねー……っと、ちょーどいいときに帰ってきたね！」

イオリアさんが何かを言いかけたところで、ガルが帰ってきた。入り口に背中を向けていたから、すぐ近くに来るまでわからなかったみたい。

「ガル！」

「戻ったぞ……む？　よい香りだな。イオリアの香油か」

ガルは、部屋に入ってすぐに香油のにおいに気が付いたらしい。

イオリアさんが、嬉しそうに手を叩いた。

「せーかい！　どう？　フィリス、さらに可愛くなったでしょ？」

「うむ、見違えるほどにな」

……なんだか、面と向かって言われるとちょっと恥ずかしい。

それに、流石《さすが》に気になるよね……自分の顔。

鏡を見ることができない私は、可愛いと言われても、どんな感じなのかさっぱり。

まぁ、それはおいといて、ガルにお礼を言わなきゃね。

「ガル、りぼんありがと」

「……よく似合っているぞ、フィリス」

ガルは消え入りそうな小さい声で答えた。どこか具合が悪いのかなと心配になっていると、イオリアさんが面白がるように声をあげる。

「照れちゃって、もー。で、まだリボンの説明、フィリスにしてないからさ。ガルも一緒に聞いてよ」

「うむ」

そうだった。さっき、イオリアさんが何か言いかけてたんだった。

説明をするってことは、このリボンは普通のリボンじゃないってことだよね。

「フィリスって風の魔力持ちでしょ？　ガルと一緒」

「はい」

私が頷くと、イオリアさんはほっとため息をついた。

「よかったー、合ってた。……でね、多分なんとなーくわかってると思うけど、属性が同じって言っても、実際は微妙に違うんだよ。個人差みたいなものだね」

魔力に個人差があるのは知ってた。

というか、私が魔力で人を視分《みわ》ける方法が、まさにそれだったりするんだよね。

同じ属性の人でも、それぞれ色の濃さや流れ方が微妙に違う。

……屋敷にいた人は、みんな青色の水属性だったから、嫌でも個人差には気が付いたよ。

でも、どうして今それを聞いたんだろう？

私が首を傾げていると、イオリアさんは説明を続ける。

「そのリボンはねー、フィリスとガルの魔力を、同調させる効果をつけてあるんだよ。くっついてないと意味ないけど、どーせ抱っこして歩くんでしょ？」

「うむ、そのつもりだ」

「ならだいじょーぶ！　ガルが攻撃性の風を使っても、フィリスに影響はなくなるよ」

「ほう……それは助かるな。これでフィリスを守りやすくなる」

後半はガルに向けた説明だったらしく、よくわからなかった。

（えっと、つまり……）

このリボンをつけていると、私とガルの魔力が同じものになるってことだよね。

それで、私にはガルが攻撃に使う風の影響がなくなるから、ガルは私に当てないように調整する必要がなくなる？

詳しい原理はわからなかったけど、リボンのおかげでガルが本気を出せるのはわかった。

「フィリス、なるべくガルにくっついててね。暑苦しーかもしれないけど！」

「はい」

「……一言《ひとこと》余計だぞ、イオリア」

ケラケラと笑うイオリアさんに、ちょっとムッとした声でガルが反論した。

ガルは確かに大柄《おおがら》で筋肉質だけど、そこまで暑苦しいって感じじゃない。

むしろ、ガルに抱っこされてると、すごく落ち着くくらいだし。

そう思っていると、イオリアさんが再び口を開いた。

「そんでガル、多分フィリスの服買ってきたよねー？　ほい、手直しするから貸して」

「お見通しか……敵《かな》わんな」

「フィリスのほう見てソワソワしてたら、誰だって気付くっての！」

え、服？　ガルが買いに行ってたのって私の服なの？　確かに、一着しかなかったけど……

何それ嬉しい……イオリアさんが手直ししてくれるというのも嬉しい。

「明日の朝までにはできるよー。追跡魔道具も安定しそうだし、そしたらすぐ出るんでしょ？」

服を受け取ったイオリアさんの問いに、ガルは頷く。

「そうだな。フィリスにはやらねばならぬことが多い」

「だーよねぇー。寂しくなるねー」

イオリアさんが深いため息をついた。そっか……追跡魔道具の効果が安定したら、私たちはナディお姉さんを捜《さが》すために旅立つ。イオリアさんとは、ここでお別れなんだ。

「お主《ぬし》も来るか？　イオリア」

「うーん、魅力的だけど、あたしはここが気に入ってる。だから行かない。ま、いい思い出だよねー」

まるでお母さんみたいなイオリアさんと、ずっと一緒にいたいと思ってしまうけど、それよりもやらなくちゃいけないことがある。

私は、自分の力のことをもっと知って、それでナディお姉さんに会いに行かなきゃならない。

名残惜《なごりお》しいけど、これは私が決めたこと。今さら諦めるわけにはいかない。

「さぁさぁ！　いい子は眠る時間だよー？」

私はイオリアさんに、ぐいぐいと部屋に押し込まれた。もう夜中になっていたらしい。

一人では寂しいと昨日伝えていたからか、ガルも一緒に入ってくる。

考え事をしている間はそうでもなかったけど、ベッドに入ったとたん、猛烈《もうれつ》な眠気が襲ってきた。

……一瞬で、私は眠りに落ちた。


そしてあっという間に、旅立ちのときがやってきた。

ガルは用意した道具類をまとめて、イオリアさんに挨拶《あいさつ》をする。

「世話になったな、イオリア」

「楽しかったよ。無事にナディちゃんと会えたら、またおいで！」

「はいっ」

私が返事をしたあと、ガルはくるりとイオリアさんに背を向けて歩き出す。

私は、イオリアさんの魔力反応が視えなくなるまで、手を振り続けた。

涙が頬を伝う感覚がある……私、泣いてるんだ。

「寂しいか、フィリス」

「……うん。けど、へいき」

「お主《ぬし》は強いな」

ガルは私の背中を優しく撫でた。

精神的に大人だったからこそ、このくらいで耐えられたんだろうなぁ。

私、イオリアさんのことは絶対に忘れないと思う。

ナディお姉さんと再会できたら、今度は一緒に来よう。

「いこう、ガル」

「うむ、切り替えていくぞ。ここからは一気に進む」

「うん」

階段の前に着くと、ガルはそのまま駆け上がり始めた。本当に一気に進むらしい。

出発する前にこれからの行程を聞いたところ、今回もガルは人に変身した状態で行くらしい。

走っているのは、階段を上りきる前に魔力が尽きるのを防ぐためなんだとか。

狼の姿や、人化獣《ワービースト》の姿では怪しさ満点。

人がいるところでは、基本的に人に変身するんだって。

人の反応もまばらになってきたところで、ガルに声をかけられる。

「フィリス、ここからは魔力の放散は控えよ。飛ぶ魔物に見つかると厄介《やっかい》だ」

「わかった」

魔物の面倒臭《めんどうくさ》さはよく知ってるから、言われた通り【空間把握】をやめて魔力の放散を止める。

「人型での戦闘は、多少揺れる。振り落とされるでないぞ」

ガルの言葉に、私は頷いた。戦闘しても「多少揺れる」だけで済むんだね。私を抱《かか》えながらだと、片腕しか使えないはずなのに。

というか、ガルは大荷物に加えて私を抱《かか》えて走っているのに、ほとんど体を揺らさない。ここがどこなのかを知らなかったら、階段を駆け上がっているとは思わないかもしれない。

「む……」

「どうしたの？」

唐突にガルがピタッと止まった。何かあったのかな。

「風が強いな。我が軽減してもよいが、やりすぎては不自然か……フィリス、しっかり掴まっておれ」

「うん、わかった」

ガルは走り続けながら、自分の能力のことを教えてくれた。

遮《さえぎ》るものが何もない谷間は、風が強くて当たり前だけど、ガルは風を操ることができるから、本当なら無風状態にして楽々歩けるらしい。

けど、そうすると周囲からは浮いてしまうから、あえてギリギリ耐えられるくらいに調節するんだとか。

強い風が吹いたら、私なんかは木《こ》の葉《は》のように吹き飛ぶ……ってガルは笑ってるけど、私は笑えないよ。

また崖《がけ》から落ちたりしたら洒落《しゃれ》にならないんだから。

さっき視たとき、階段は休憩所を出たところで、幅《はば》五メートルほどだった。

ガルが歩いているのは左側。右は下りてくる人が使ってる。で、左側は谷底なわけで……私は今、手すりもない吹きっさらしの階段の、崖《がけ》に近いところにいる。

そう意識したとたん、急に、足が浮いているのが不安になってきた。

(見えないのは怖いなぁ……嫌なこと、考えちゃった)

ガルの左腕に抱《かか》えられているとはいえ、ふとした拍子《ひょうし》に落ちかねない。

そうだ……思いっきり縮こまったら、ガルの腕に収まらないかな。

「ん……しょ」

ガルの腕の中で体を縮めたら、全身がすっぽり収まって、ガルに密着する格好になった。

（あ、意外といける……ガルって、こんなに大きかったんだね）

思ったよりいい感じ。狭くて温かくて、なんだか妙に落ち着く。

「お主《ぬし》は何をしておるのだ……」

私がもぞもぞ動くのを見たようで、ガルは不思議そうに言った。

「おちつくの」

「ふむ……まぁ、これでよいのであれば、我も構わぬがな」

ガルはため息をついて、ずれた腕の位置を調整してくれた。

そのまま、休むことなくガルは進む。たまに吹く強い風は、ガルが完璧にシャットアウトしてくれたから、吹き飛びそうになることはなかった。

（長い……どこまで階段が続いてるんだろう）

ガルは休まず上り続けたけど、それでもかなりの時間が経った。

同じタイミングで上り始めた人たちを大きく引き離して、反応が視えなくなった頃。

「よし、着いたぞ」

ようやく、階段のてっぺんに着いたらしく、ガルが足を止めた。

「おつかれ」

「うむ」

ずっと歩き続けていたのに、ガルは息ひとつ乱していない。

……狼姿で全力疾走するよりは疲れるみたいなんだけど、そんな様子を全く感じさせない。流石《さすが》、人型でも聖獣ってことなのかな。

「谷を出るゆえ、今から検問に並ぶのだが……ずいぶんと人が多いな」

ガルの言葉に、私は疑問を覚えた。

検問って言ったら、街とかに出入りするときに確認されるところだと思うんだけど……私、谷に来るときには通ってないよ。身分を証明するものも持ってないし。

「ガル、わたしは、とおれるの……？」

急に不安になって聞いてみたら、ガルは豪快に笑った。

「問題ない。ここの検問なぞ、あってないようなものだ。手配書でも出回っておらぬ限り、誰であれ通すからな。なんとでも言いくるめられる」

「ええ……」

ガルの言葉に、思わず拍子《ひょうし》抜けしてしまう。なんかアバウトだね……検問なのに、警備がユルい……それでいいのかなぁ。

私は【魔力視】で辺《あた》りを視た。

（私たちの前に並んでいるのは、だいたい十人くらいかな……）

その奥で駆け回っているのが、検問をしている人ってことかな。

人の列はサクサクと進んでいくき、あっという間に、私たちの番がやってきた。

「次！　……親子か？　子連れとは珍しいな」

検問担当の人が威勢のいい声で私たちを呼んだあと、不思議そうに魔力を揺らした。

「これでも戦えるぞ」

「……確かに強そうだな、あんた」

検問の人はガチャガチャと金属が擦《こす》れる音を鳴らしながら、ガルの威容《いよう》にビビってい
る。多分兵士さんだと思うけど……ガルよりもだいぶ身長が低いからね。

その兵士さんは、気を取り直すように咳払《せきばら》いをひとつしたあと、ガルに質問する。

「冒険者か？」

「いや、元だな。もう引退したが、たまに魔物を狩りたくなる。今回は子もおるがな」

「そうか」

ガルのうそを、完璧に信じているらしい兵士さん。

私とガルは出会ったばかりの他人で、ガルはそもそも人じゃない。だけど、まるで本物の親子のようにガルが演技をするから、私まで信じそう。

……ガルは、役者に向いているかもしれない。

「通ってよし！」

「感謝する」

本当にあっけなく、検問を突破《とっぱ》した私たち。考えた設定は、ほとんど使わなかった。

……まぁ、変に疑われるよりはいいということで、気を取り直してまた歩き出す。

しばらく歩いてから、ガルがナディお姉さんの居場所を教えてくれる魔道具を取り出した。

「ふむ……やはりエイスの方角を指しておるな。追跡は機能しておるようだ」

「よかった……」

淡《あわ》い水色に光る細い線が、一直線に伸びている。安定して追跡できるようになったからなのか、細いながらもしっかりした光になったね。

それから、ガルはがさがさと大きな紙……地図っぽいものを取り出して、そこに何かを書き込んだ。

「エイスに最短で向かうのなら、やはりエルブレンに行くのがよいか……」

「えるぶれん？」

「ダナーリオとエイスの国境にある街だ。二国間の交易の中心地ということもあって、それなりに大きな街だな」

「へぇ」

国境に街があるんだね。国境って、壁とかで区切られてるのかと思ってた。

……って、前世で好きだった漫画とかのイメージが強すぎたのかな。

私がそんなことを考えているうちに、ガルは説明を続けてくれる。

「エルブレンに直接向かう道はない。少々迂回《うかい》せねばな」

「どのくらい、かかる？」

「そうさなぁ……途中の街や村に寄ったとして、四日か五日といったところだろうな。馬車を拾うことができれば、もっと早いが」

思ってたよりも時間はかからなさそう。深緑の谷を抜けるのにかかった期間と、そんなに変わらない。

まあ、通る場所は違うけど、来たところに戻ると考えれば……ほぼ同じくらいで着くのも納得。

「ここからは人も少ないか……魔力を温存したいゆえ、一度消費を抑える」

ガルの魔力が揺れたと思ったら、私が触《ふ》れていた胸元があっという間に長い毛に覆《おお》われた。手もさらに大きくなってる。

人化獣《ワービースト》の姿に変身したんだね。

(毛が……もふもふ)

人化獣《ワービースト》の姿でも、狼のときと変わらない触り心地。

途中で何かあっても対応できるように、ガルは人目に付かないところでは、中途半端な変身をすることにしたらしい。

「暑かったら言うのだぞ」

「へいき」

「では行くか」

「うん！」

私が何も見えないから、観光はなし。

まぁでも、空気が変わったのは感じてるよ。

エイス王国や深緑の谷とも違う、柔らかい風が吹いているとでも言うのかな。

(優しいにおいがする……私、こういうの好きだなぁ)

風が吹くたびに、さわさわと草が揺れる音がする。

見えないけど、風景が浮かんでくるような気がして、すごく気持ちがいい。

国境の街エルブレンに着くまでに、ガルが寄る予定なのは、ひとつの街といくつかの村らしい。

それを聞いていると、ガルは思い出したように言った。

「フィリス、エルブレンでは『選定の儀』を受けられるだろう。着いたらまずは《ギフト》だな」

「うん！」

今のところ、そこまで不便ではないけど、やっぱり能力はほしいよね。

いつまでも、ガルに頼りっぱなしってわけにもいかないし。

どんな能力をもらえるのかはわからないけど、少しでも役に立てるような力だといいな。

それからしばらく、ただ歩き続けて時間が過ぎた。

……歩いてるのは、ガルだけなんだけど。目的地とか聞いておこうかな。

「ガル、さいしょはどこ？」

「む？　まずはルーヴに行こうかと思っておる。谷から一番近い村だ」

「るーぶ……」

発音が難しい……ルーヴね。ガルは、そのルーヴについて教えてくれた。

その村は、小麦の生産が盛んなところなんだそう。

人口は少ないけど、深緑の谷に行き来する人で賑《にぎ》わうから、宿や食堂なんかの施設が多いらしい。

小麦を使った料理もたくさんあるっていうから、ちょっと楽しみになってきた。

私が胸を躍《おど》らせていると、ガルが突然ピクリと体を揺らした。

「ふむ、この辺《あた》りでも魔物はおるか。屍狼頭《コボルト》……小物だな。フィリス、手を離すでないぞ」

「う、うん」

屍狼頭《コボルト》ってなんだろうと思って、ガルが見ているらしい方向を確かめてみた。

すると、小柄《こがら》な人のような魔力反応が四つ視える。

(緑と茶色……)

子供くらいの大きさで、大きな犬っぽい形の頭。一瞬、ガルを小さくしたみたいな人化獣《ワービースト》かと思ったけど、魔力の色が二つあるから人じゃないのがわかる。

二色以上で視える反応は魔物の特徴だって、私は学んだから。

私たちに気が付いたのか、猛スピードでこっちに向かってくる魔物の反応。

だというのに、ガルは呑気《のんき》に呟く。

「狙いはフィリスだな。地上でもこれは変わらぬか」

「えぇぇ……」

そんな余裕でいいの？　なんて思ったら、ガルが少しだけ動いた。

「ただまっすぐに突っ込むだけでは、我には勝てぬぞ」

その瞬間、ほぼ同時に、私たちに迫っていた魔物の反応が消え失せた。

「……え？　あれ？」

何も感じなかったんだけど……ガルが何かしたの？

「一刀《いっとう》で斬《き》れたか。まだ腕は鈍《なま》っておらぬな」

（斬《き》った⁉　あの一瞬で？　ほとんど動かずに？）

ガルは豪快に笑っているけど、もう何がなんだかわからない。腕が鈍《なま》るとか、そんな次元じゃないと思うんだよね。

（流石《さすが》、聖獣……）

大荷物を背負って、私を抱《かか》えた状態で、私が気付かないような斬撃《ざんげき》って……もう達人ってレベルじゃない。

「ガル、つよいね」

「なに、下級の魔物であればこんなものよ。さて、進むぞ」

魔物を斬《き》り伏《ふ》せたガルは、何事もなかったかのように歩き出す。

魔物がいたところには、小さな魔力の塊《かたまり》の反応があった。

あれが、ナディお姉さんが言ってた魔石かな？　そういえば、魔石はいろいろ利用できるって話してた気がするけど……

「ガル、ませきは？」

「屍狼頭《コボルト》の魔石は小さく、使い道がない。放っておいても害はないぞ」

そういうことならと、今回は全部スルーした。

そして、またガルに抱きかかえられながら進んで、もうそろそろ村が見えてくる……と教えてもらった、そのとき。

「……？」

ずっと使いっぱなしの【魔力視】に、うっすらと変な魔力反応が映った。

もやもやした煙のような反応……なんだろう、あれ。背中がチリチリする。

「どうした、フィリス……む」

私がじっとひとつの方向に顔を向けているのが気になったらしいガルも、すぐに私が視ているものに気が付いたっぽい。

どんどん近づいてくる反応は、よく視たらいろんな反応が混ざっているみたいだった。

ごちゃごちゃになっていて、判別が難しい。

ガラガラガラ……と、大きなものを転がすような音が聞こえてくる。これは馬車かな？

「魔物に追われておるのだな……っと、これはいかんな」

ガルが突然、ハッとしたように険《けわ》しい声になる。私は首を傾げた。

「どうしたの？」

「こちらに来る。擦《なす》りつけか……厄介《やっかい》な」

ガルが急いでその場を離れた瞬間、私たちのすぐ横を、大きな音を響かせながら馬車が通り過ぎていく。乗っていたのは、三人かな……どれも視覚《みおぼ》えのない反応だったから、知り合いじゃない。

ところで、擦《なす》りつけってまさか……って思って馬車が来た方向を視たら、そこにはたくさんの魔物の反応が。

さっき戦った屍狼頭《コボルト》と、視たことない反応がいくつかある。馬車を追うんじゃなくて、私たちを襲うことにしたらしい。全然嬉しくないけど。

「小鬼《ゴブリン》か……フィリスに目をつけたな」

（うぇ、またぁ？）

もう、この展開も何回目だろう。本当に私は魔物に狙われやすい体質らしい。

……こんなファンはいらないかな。

私が視たことがない反応は、小鬼《ゴブリン》という魔物のものらしいんだけど、今までの魔物よりも嫌な感じがする。

魔物から向けられる、舐めまわされるような不快感に気分が悪くなってきた。

「狙いがはっきりしておるのはよいが……フィリスには災難《さいなん》だな」

「……たおしてよ」

「安心せい。もう倒したぞ」

私が口を開いたのと、ほぼ同時に魔物の反応が消えた……ガルが一瞬で全ての魔物を斬《き》り捨《す》てたらしい。これでもう安心かと思ったら、今度はふわりと刺激臭が漂《ただよ》ってきた。

「う……くさい」

「小鬼《ゴブリン》のにおいだな……染みついてはたまらぬ」

ガルが足早にその場を離れる。

小鬼《ゴブリン》という魔物は、倒してできた灰もにおうらしい。嗅覚《きゅうかく》が優《すぐ》れているからか、私にとっては、まともに呼吸もできないほど、ひどいにおいに感じた。

私が思わず顔をしかめていると、ガルが話しかけてくる。

「フィリス、小鬼《ゴブリン》は視分《みわ》けられるか？」

「できる」

「よし。奴らが【視えた】ときは、我から決して離れるでないぞ。奴らは幼子《おさなご》とて容赦《ようしゃ》せぬからな……」

たとえどんな魔物だったとしても、私はまともに戦えない。

だからガルから離れるつもりはないけど……声が本気で、必死なような気がする。

いつもみたいに笑って流さないわけを聞いてみて……聞かなきゃよかったとすごく後悔した。

なんと小鬼《ゴブリン》は、他種族のメスを積極的に狙う習性を持っているらしい。

ガルは言葉を濁《にご》したけど……「女性の敵」という理由がよくわかった。わかってしまった。

襲われて捕まったら最後、私がどうなるかなんて考えるまでもない。

小鬼《ゴブリン》は子供くらいの大きさしかないけど、単純な腕力は人よりもずっと強いらしい。

……つまり、もし捕まったら、私ではどうあがいても逃げられない。

それに、小鬼《ゴブリン》は数が多いらしい。

繁殖力《はんしょくりょく》が半端じゃないくらい強いそうで、おまけに臭《くさ》くて魔石もお金にならないから倒す人も少ない。

ほぼ全人類に嫌われているのに、なかなか減らないのが現実なんだって。

ガルはそこまで私に説明したあと、ため息をついた。

「だがまぁ……奴らは生物としては最弱の部類に入る。強い生物がいるところでは繁殖《はんしょく》もできぬだろう」

「そう、なんだ……」

それならそんなに遭遇することもないのかな……と私が安心したとたん、ガルが豪快に笑った。

「地上には、山ほどおるだろうがな」

「いやぁ！」

ガルの一言《ひとこと》に、思わず私は悲鳴をあげた。

なんでこう、一気に不安になるようなことを言うかな。ガルのいたずら心に、私はたまに本気で不安になる。

「我から離れなければ大丈夫だろう。小鬼《ゴブリン》ごときにお主《ぬし》は傷つけさせぬ」

……ガルの大きな手で撫でてもらうと、そんな不安もすぐに吹き飛ぶんだけどね。

何があっても、ガルなら絶対に守ってくれる……そんな安心感があるから。

「近頃は物騒《ぶっそう》になったたな……魔物もずいぶんと増えたようだ」

ガルが、誰に向けるともなく呟いた。

ずっと昔から人の生活を見てきたガルだからこそ、時代の変化をよく感じるのかも。

「フィリス、ちと走るぞ。日暮れまでには村に着きたいのでな」

「わかった」

ランニングをするくらいの速度でガルが走り出した。

ただ移動していただけだけど、もう日が落ちるみたい。

それからは魔物の襲撃もなかった。

心地いい揺れに私が眠気と闘《たたか》っていると、ガルがグルグルと喉《のど》を鳴らす。

「む……村が見えてきたぞ」

ガルの魔力が渦《うず》を巻いて、もふもふの毛がなくなっていく。ここからは、完全な人型になって行くらしい。

……っと、この先に誰かいる？　【魔力視】に小柄《こがら》な反応が映った。

「あんら、旅人さん？　可愛らしいお嬢さんねぇ。ようこそルーヴへ。ゆっくりしていってねぇ」

「うむ、世話になる」

ガルが話しているのは、地元の人かな。声からは、おばあちゃんっぽい感じがする。

そのあともガルは何度か地元の人たちと挨拶《あいさつ》を交《か》わし、歩き続ける。

「ここもずいぶんと発展したな……よいことだ」

ガルがしみじみと呟いた。

（人が増えた……）

村に検問はないようで、いつの間にかルーヴに入っていたみたい。ちょうど夕食時らしく、がやがやと、人の笑い声やお客さんを呼び込む声なんかが聞こえてくる。

ここは活気に溢《あふ》れた村だね。谷の休憩所と、どっちが賑《にぎ》やかかな？

「おっ！　そこのでかいお父さん！　うちに泊まらないかい？　安くしとくよ！」

「遠慮しておこう」

「うーん、残念だ！　気が変わったら頼むよ！」

ガルがすっぱり断ると、声をかけてきた男の人が去っていく。宿の客引きもやってるんだね。まぁ、冒険者もよく利用する村らしいし、そのぶん宿の競争も激しいのかも。

……それにしても、やっぱり私たちは目立つのか、かなり人が寄ってくる。

ガルは軽くあしらってるし、慣れているのかだいたいの人は簡単に諦めてくれる。

だけど中には、しつこく迫ってくる人もいる……まさに今、目の前にいる人とか。

「なぁ頼むよ。その子のためにもいい宿を取りたいだろ？　うちにしとけって」

「生憎《あいにく》と、騒がしいのは好まぬ」

「そう言わずにさぁ」

赤い魔力の、多分若い男性が、すたすた歩くガルにまとわりついている。

この男性、なかなかしつこい。お客さんを呼び込みたい気持ちはわかるけど、ちょっと強引すぎるような気がする。

(それに、この人の魔力はなんだか……)

私たちの周りをうろうろするこの男性は、多分私に対してあまりいい感情を抱《いだ》いてない。ゲランテやリードのように、あからさまに私を侮蔑《ぶべつ》してるわけじゃないみたいだけど……口で言っている通りのことは、絶対に考えていないと思う。

この男性が近くにいると、なんだか背中がむずむずするような、なんとも言えない不快感がずっとある。

何か面倒なことが起こる前に、ガルに伝えておいたほうがいいかもしれないね。

ガルの胸を軽く叩くと、ガルは顔を私に寄せてくれた。

「む……どうしたフィリス」

「このひと、やなかんじ」

「ほう……では追い払うか」

私が不快感を示したことで、ガルはまとわりついている男性を追い払うことにしたらしい。なるべく穏便《おんびん》に済ませてね。

「なぁなぁ、どうだい？」

そう声をかけてくる男性を、ガルは聞いたことのないほど低い声で威圧する。

「去れ。鬱陶《うっとう》しい」

「な……」

気圧《けお》されたのか、饒舌《じょうぜつ》だった男性が言葉を詰まらせた。

「警告は終《しま》いだ。去れ」

ガルが刀を少しだけ抜いたのか、キンッと鋭《するど》い音がした。本気で斬《き》るつもりはないみたいだけど、これ、かなり怖いと思う。

すると突然、男性は人が変わったかのように荒ぶった。

「……あぁくそっ！　上物のガキが仕入れられると思ったのによぉ！」

怒《いか》りと焦《あせ》りからなのか、魔力が激しく揺れている。

「ほう……貴様、人攫《ひとさら》いの類《たぐ》いか」

ガルの声が、より冷ややかなものに変わった。静かな怒《いか》りを感じる。

どうやらこの男性、客引きに紛《まぎ》れて人を誘拐《ゆうかい》するつもりだったみたいだけど……往来でペラペラとしゃべっちゃうなんて、バカなのかな？

（狙いは私か……）

上物のガキって言ってたから、この人の狙いは間違いなく私。

……やたらと何かに狙われてるような気がするけど、私って運が悪いのかな？

「選べ。村の自警団に突き出されるか、この場から去るか」

ガルの言葉で、男性が一瞬ひるんだ。

……と思ったら、シャキン！　という鋭《するど》い音とともに、男性がガルに突っ込んでくる。

「くっ……舐めんなよ！」

男性は隠していたナイフか何かで、ガルを殺すつもりらしい。

でも、殺気もそこまで感じなかったし、戦う相手を完璧に間違えてるよ。

「相手の力量も測れぬか……愚《おろ》かな」

「ぶっ⁉　ごふっ⁉」

……ベシッ！　ゴスッ！　と、二回続けて鈍《にぶ》い音が響いた。

ガルは刀を使わず、右手で男性を二回殴《なぐ》ったらしい。

男性の体の形の魔力反応が、冗談のようにくるくると回って、ベシャッと地面に落ちた。

……魔力反応がまだ視えるから、死んでないよね？

「ふむ。すまぬがそこの者、自警団を呼んでくれぬか」

「あ、あぁ……強《つえ》ぇな、あんた……」

ガルが、近くで様子をうかがっていた見物人の一人に頼むと、その人は慌《あわ》てて走っていく。

自警団っていうのは、どうも前世でいう警察に近い組織らしい。

その人たちが来るまで、私たちもここで待つことになった。事情聴取のためなんだって。

「フィリス、お主《ぬし》は顔を隠したほうがよいやも知れぬな。その容姿は人目を惹《ひ》く。外套《がいとう》を買うべきだが……今はこれで我慢してくれ」

そんなに私って目立つの？　と思っていたら、ガルはため息をつきながら私の頭を撫でたあと、薄くて大きな布を私に頭から被《かぶ》せた。

「わぷ」

布を被《かぶ》っても視界に影響はないけど……これ、逆に怪しくない？

大きな布にくるまれた子供を抱《かか》える大男……ガルが誘拐犯《ゆうかいはん》に見えちゃうんじゃないかな。

「ガルぅ……」

「む、息苦しかったか。すまぬな」

（そうじゃない……けど、これで大丈夫なはず）

自力で顔を出そうとパタパタと腕を振っても、どこが布の端かわからない。

結局、ガルに頼んで布を取ってもらう。

そして怪しくないように、今度は布を目深《まぶか》に被《かぶ》って、フードのようにしてもらった。

これなら、ガルが誘拐犯《ゆうかいはん》に見えることはないはず。

「通してくれ、自警団の者だ」

しばらくすると、自警団を名乗る人たちがやってきた。金属が擦《こす》れる音がする……鎧《よろい》か何かを着てるのかな。その人たちは、私たちの目の前で足を止める。

「子供を抱《かか》えた大男……通報したのはあんただな？」

「うむ。この子が先程、攫《さら》われかけた」

「犯人はそこで伸びている男か。おい、そいつを拘束《こうそく》しろ」

ガルの言葉を聞いて、数人がガルが殴《なぐ》った男性を拘束《こうそく》した。

リーダーっぽい人は、ガルに事情聴取を続けている。

「……だいたいの事情はわかった。目撃証言とも一致するな。その子が顔を隠している理由を聞いてもいいか？」

「また狙われては面倒なのでな」

「まぁ、そうだよな。悪い、変なことを聞いた」

あらかた話し終えたところで、リーダーの人が何かを取り出してガルに渡す。

それは被害届みたいなものだそうで、一応サインしてくれと頼まれた。被害に遭《あ》った本人が書くのが一般的だそうだけど、私は字が書けないということで、今回はガルが代筆した。

「警備が行き届いてなくて申し訳ない。あいつはうちで拘束《こうそく》しておくから、安心してほしい」

「うむ」

「じゃ、失礼する。連れていけ」

ガルが頷いたあと、自警団の人たちは気絶した誘拐《ゆうかい》未遂《みすい》男を連れて去っていく。ガルが男性を吹っ飛ばした辺《あた》りから増えていた野次馬も、事件が解決したからなのか、ほとんどいなくなっていた。

元々目立っていたらしい私たちは、妙な騒ぎがあったせいでさらに目立ってしまった。

このままじゃ迂闊《うかつ》に出歩けない……ということで、私の顔を隠せる外套《がいとう》を買うことに。

で、ガルが外套《がいとう》を売っているお店を探してくれている……のはいいんだけど。

(視線を感じる……)

遠巻きにこっちを見ている人が結構いるらしく、背中がむずむずする。

魔力反応を視る限り、向けられているのは興味とか関心の感情だけで、害意はないみたいなんだけど、気になるものは気になる。

ガルも人目を嫌ったのか、わざと路地とかを選んでるみたい。

（ここで【空間把握】は……いや、やめとこ）

村の中で魔力をばらまくと、魔物が寄ってきて大変なことになるかもしれない。

ガルに許可された場所以外では、使わないほうがいいかも。

なんて考えていると、人の気配がほとんどないところにあるお店に、ガルが入った。

「ふむ……ここにするか。店主。子供用の外套《がいとう》は取り扱っておるか？　顔を隠せるものが望ましい」

「ええ、ございますよ。そちらのお子さんにですか？」

「うむ」

優しそうな声の女性が、ガサゴソとあちこちに手を伸ばしている。子供用の服は、取り扱っているお店とないお店があるらしいんだけど、ここは当たりだったみたいだね。

「これなんかどうでしょう。首都の流行《はや》りだそうですよ」

「……フィリス、どうだ？」

女性が取り出した外套《がいとう》をガルが受け取って、さりげなく触らせてくれた。私の目が見えないことを誤魔化《ごまか》してくれているみたい。

(うわ……何このフリルの数。それに、生地《きじ》、何枚重なってるの？　めっちゃ重い……)

これはちょっと、着たくないかな。フリフリの生地《きじ》が何層にも重なっていて、見えなくてもド派手な感じなのがひしひしと伝わってくる。

それに、着ているだけで疲れそうなほど重い……これは却下《きゃっか》かな。

首を横に振って、着たくないということをガルにアピールする。

「少々派手すぎたか。もう少し地味なものはあるか？」

「地味……でしたら、こんなのはどうでしょう」

次にガルが受け取ったのは、少し厚手の生地《きじ》のマントっぽいものだった。

手触りも悪くないし、さっきみたいな派手な装飾もついていない。

(これだ、って感じがする……)

なんとなく惹《ひ》かれる。これにしろと私《フィリス》が訴えているような気がするし……これにしようかな。

「これがいい」

「ではこれをもらおう」

「ありがとうございます。お父様とおそろいですか？　よくお似合いですよ」

（……ガルの服と同じ色だったの？）

お店の人の言葉に驚いた。見えない私には、この外套《がいとう》の色なんてわからなかったけど……妙に気になったのはそういうことだったのかな。

というか、ガルと私はちゃんと親子に見えてるらしい。よかった、怪しまれなくて。

……ペアルックなら、より親子っぽく見えるのかな。

お店を出たガルは、買ったばかりの外套《がいとう》を私に着せてくれた。意外とあったかい。

「ほう、丈《たけ》もちょうどよいか。これで顔は隠せるだろう」

「ありがと、ガル」

「よいよい」

ガルがワシワシと私の頭を撫でた。少し照れているのか、いつもより力が強め。

余計な時間を使ってしまったけど、私たちは気を取り直して宿探しを再開した。

一度目立ってしまった以上、この村にいる間は好奇の目に晒《さら》されるのかと思ってたけど……意外とそうでもなさそう。

（日常茶飯事《にちじょうさはんじ》ってことかな……）

さっき誘拐未遂《ゆうかいみすい》があったことなんて忘れているかのように、村の雰囲気が元通りになっていた。まだ、何人か私たちを見ているみたいだけど、これくらいなら気にならない。そのうち飽《あ》きて、いなくなるんじゃないかな。

ガルはしばらく歩き回ったあと、人の気配がほとんどない場所で立ち止まった。

(村の外れ……かな?)

「人目に付かぬ宿となると、ここがよいやも知れぬな」

宿というわりには、誰も宿泊していないのか、建物の中に魔力反応が視えない。

私たちがその宿に入ると、しわがれた声のおばあちゃんが二階の隅《すみ》の部屋に案内してくれた。

(足音が響く。古い建物なのかな)

聴覚が優《すぐ》れている私は、眠っていても足音や物音で目が覚めることがよくある。これだけ響いてしまうと、小さな音でも起きちゃうかもしれない。

まぁ、誰かが来たらすぐに気が付けるってことでもあるから、悪いことばかりでもないんだけどね。

部屋に入ると、ガルが私を下ろした。

「……ふむ、ベッドが二つあるな。我は寝具を使わぬゆえ、好きなほうを選ぶとよい」

(違いがわからないんだけど……)

私がそう思いながらガルのほうを向くと、ガルは気付いたように言う。

「ここでなら、魔力を放散してもよい」

【空間把握】の使用許可も出たから、さっそく使ってみよう。

意外と広い部屋だね……でも物は少なくて、あるのはベッドが二つと大きめのチェストっぽいものだけ。

これなら、歩き回ってどこかにぶつかることもなさそう。

（奥のベッドにしようかな……）

私はそう決めて、奥のベッドを指さす。

「こっちがいい」

「うむ。もう片方には、荷物を置いておくか」

ガルは、眠るときは狼の姿になっていることが多い。というか、人の姿で眠っているのを視たことがない。そもそもあまり寝る必要がない、って言われたこともあったっけ。

人の姿でも眠れるらしいけど、床で寝ていると体が痛くなるんだって。

……ベッド、使えばいいのに。

「明日も早い。夕食を食べたら、早めに休むのがいいだろう」

「うん」

ガルに言われたとたん、くぅ……と私のおなかが鳴った。

いろいろあったからなのか、食事のことなんてすっかり忘れてたなぁ。

宿に食堂はないということだったから、ガルに村の料理店に連れてきてもらった。

……のはいいんだけど、どんなメニューがあるのか、さっぱりわからない。

(お品書きは見えないし……)

ということで、ガルに適当に頼んでもらって、私は食べられるぶんだけ食べることに。

残ったらガルが食べるらしい。

「どうだ、美味《うま》いか?」

「おいしい」

(うどんにパスタ……それに中華麺? なんでもアリかな)

この料理店は、前世の記憶にある世界中の麺が集まっていた。もちろん、料理の名前は聞いたことのないものばかりだったけど、どれも懐かしいと感じる味付けだったんだよね。

小麦粉を使った麺なら、なんでもあるような気がしてきた。

ここが特別なのか、ダナーリオ公国ではこれが普通なのか……お米はないの?

「イオリアも使っておったが……この麺なるモノは面白いな」

ガルが麺に興味を持ったらしく、魔力が楽しそうに揺れている。

近くにいた店員さんに材料を聞いて、全部小麦だと言われて驚いているみたいだった。

確かに、小麦の種類は違うと思うけど、いろんな姿の麺って面白いのかもしれない。

そんなことを思いながら、たくさんある麺料理を食べたんだけど……

「もうむり……」

「はっはっは！　では残りは我がいただこう」

うどんモドキがおなかに溜まる……五歳児の体では、全部食べるなんて無理だった。

まぁ、ガルはかなりの量を食べられるみたいだから、頼んだものも平らげるだろうけどね。

「美味《うま》いな、これは。携帯食にするのもよいかも知れぬ」

……よほどお気に召したみたい。でも、それだけはやめてとお願いした。

イオリアさんには、保存食はパンを勧《すす》められていたらしい。イオリアさんは、こうなることがわかっていたのかな。

宿に戻ると、ガルが荷物の整理を始めた。

買ってきたものを適当に詰めているだけだと、いざというときに困るよね。

「おやつ……だったか？　それはフィリスのポーチに入れておくぞ」

「ありがと」

ガルが私のポーチにしまってくれたのは、クッキー。保存用だからか、水分が少なくてちょっと硬いけど、ほんのり甘くて美味《おい》しいやつ。

移動中は、何もしていなくても結構おなかが空《す》く。いちいちガルに頼んで食べ物を出してもらうのは悪いから、あらかじめおやつとして自分で持っていることにした。

「こんなものか。さてお主《ぬし》はもう休め。夜が明けたらまた進むぞ」

「うん……おやすみ」

荷物をまとめ終えたガルが、狼の姿になって私がいるベッドのそばに伏せた。

私が眠るとき、ガルはこうして近くにいてくれる。

何かあったときに、すぐ対処できるように……って言うけど、野営《やえい》してるわけでもないから、ちょっとくらい気を抜いてもいいと思うんだけどなぁ。

（……まぁ、守ってもらってる私が言うことでもないか）

使いっぱなしだった【魔力視】を切って、ベッドに身を任せる。するとすぐに、眠気がやってきた。今日あったことを思い返しつつ、私の意識は沈んでいった。

それから、しばらくした頃。

（……ん？）

微睡《まどろ》んでいた私は、ふと妙な音が聞こえた気がして目を覚ました。

気のせいかとも思ったけど、今度ははっきりと、ギィ……ギィ……という音が聞こえてくる。だんだん近づいてきてるみたい。

（階段を上る音……？　ガル、じゃない。たくさんいる……）

ガルは私の横から動いていない。【魔力視】を使ったら、部屋の外にたくさんの人の反応が視えた。多分……五人か六人？　でも、この宿って私たち以外は誰も泊まっていなかったはず。あとから来た人たちって雰囲気でもないし……なんだろう、嫌な予感がする。

ガルは気が付いているのかいないのか、音には無反応。

直感的に嫌な感じがした私は、ガルをつついた。

「ガル」

「む……どうした」

ガルは私の様子を不思議に思ったのか、人型になって扉の前まで移動して、すぐに音を立てずに私のところに戻ってくる。

「……そういうことか」

「どうし……っ⁉」

何があったのかを聞こうとしたら、ガルに口を塞《ふさ》がれた。

「声を出すな……奴らは人攫《ひとさら》いの仲間だ。今騒ぐのはいかん」

小声で話すガルにこくこくと頷いて、声を出さないことを伝える。

どうやら、過去最高に面倒なことが起こっているらしい。

ガルが殴《なぐ》った男性には、仲間がいたみたい。ずっと視線を感じてた理由はこれかな。

嫌な感じが薄いからって、油断してた……まさか、仲間がこんなにいたなんて。

「さて、どうするか……ふむ、やはりアレで行くか」

(アレ……？)

ガルは小声で呟いて、私に外套《がいとう》を着せた。

そして荷物と一緒に私を担《かつ》いで、ぐっと姿勢を低くする。

「行くぞ！」

いきなり叫んだガルの大声に驚いたのか、壁の向こうで誰かが転んだ音がする。

それと同時に、ガルが走り出した……扉じゃなくて、窓に向かって。

(ちょっと待って、まさかっ⁉)

「〜〜〜っ⁉」

ガシャァァァン！　という甲高《かんだか》い音が響いて、すぐに体がふわっと浮かぶ感覚が私に襲いかかった。ガルはアクション映画さながらの、窓を破っての脱出を試《こころ》みたらしい。

……橋から落ちたときのことを思い出して、悲鳴をあげそうになるのを必死に我慢する。

二階から飛び下りたはずなのに、ガルは衝撃を吸収して柔らかく着地した。

「気付かれたぞ！」

「逃がすな！　追え！」

「ガキは殺すなよ！」

着地と同時に、上から怒号《どごう》が聞こえてくる。

流石《さすが》に普通の人たちでは飛び下りられないのか、誰も下りてくる気配はない。

だけど、どうやら仲間は他にもいたらしい。

「走るぞ」

「う、うん！」

ガルが姿勢を低くしてダッシュする。

風圧を操っているのか、タタタタタ……という軽やかな足運びからは考えられないほど、風の抵抗がない。

それにしても、ガルに抱っこされててよかったよ。

さっきの飛び下りで腰が抜けてしまって、下半身に力が入らないからね。

体をひねって追っ手の様子を確かめると、みんな壁か何かにぶつかったみたいに立ち止まっていた。ガルが強風を吹かせて、追っ手の足を止めたらしい。

「はっはっは！　この辺《あた》りは向かい風が強いらしいな、賊《ぞく》共よ。では、さらばだ」

（よく言うよ……ガルがやってるくせに）

しかも私たちには追い風を吹かせているみたいで、あっという間に、追いかけてきていた反応が全部視えなくなった。聖獣のすごさを思い知らされた気分。

「このまま次の街を目指す。少々居心地は悪いだろうが、お主《ぬし》は寝ておけ」

「うん……」

追っ手を振り切ったことで安心したのか、寝不足気味の私はまた眠くなった。

ガルの足音を子守歌に、私は意識を手放した。


……ガタガタと、激しく揺れているような気がする。

なんだろう、地震？　もう少し寝かせて……って、そういえば！

「……んはっ⁉」

「む、目が覚めたか」

一瞬で眠る直前のことを思い出して、私は慌《あわ》てて飛び起きた。【魔力視】を使い、現状を確かめる。

どうやら私は、ガルの膝《ひざ》の上で眠っていたらしい。

この振動と音……そして近くにある、見慣れない人と馬の魔力反応。

多分、馬車に乗ってるんだろうけど、私が眠ってる間に何があったんだろう？

「……ここはどこ？」

「ウェルトゥールという街の近くだな。次の目的地だ」

「そうなんだ」

聞けば、もうお昼に近い時間なんだとか。ガルは明け方までずっと走って、途中で魔物に襲われそうになっていたこの馬車を見つけたらしく、魔物を倒したあと乗せてくれるように頼んだんだって。

荷馬車だからそんなに速くないけど、自分で歩くよりは楽……ということらしい。

荷物に隠れて変身を半分解除することで、魔力の温存もできたとか。

「旦那、ウェルトゥールが見えてきやしたぜ。あっしはここで逸《そ》れやすが、どうしやすか？」

独特な訛《なま》りというか、癖のあるしゃべり方をする男性がそう言って、馬車が停まった。

この人が、馬車の持ち主かな。

「ふむ……ではここまでだな。世話になった」

ここからは歩いていくみたいで、ガルが私を抱き上げて馬車から降りた。

街に向かう道と、そうじゃない道があるんだ……この馬車は別方向に行くらしい。

「困ったときは助け合いでさぁな。旦那が魔物を追っ払ってくれてなきゃあ、あっしはここにいねぇってもんです。よい旅を。お二人さん！」

「あの程度ならば容易《たやす》いことよ。ではな」

ガラガラガラ……と、馬車がどんどん遠ざかっていった。

ガルがため息をつきながら呟く。

「気のいい男だったな。皆、ああであればよいのだが」

「ほんとに」

今までは、ほとんど変な男にしか会ってないからね。ゲランテとか、リードとか、誘《ゆう》拐犯《かいはん》たちも……私、男運なさすぎでは？

私が関わった中で、まともな男性ってガルくらいしかいないんじゃないかな。実は、聖獣に性別はないらしいんだけど、身体的特徴は男性ってことで。

……この先、どんな出会いが待っているかはわからないけど、もう変なのには出くわしませんように。

「さて、行くか。もう街は目の前だ」

「うん！」

ガルに軽く身だしなみを整えてもらって、外套《がいとう》についているフードを被《かぶ》る。街に着くまでに、誰かに顔を見られて絡まれるなんてことがないように、今回は対策をちゃんとする。

ついでに、おやつのクッキーをかじった。朝から何も食べてなかったからね。

昨日の騒々《そうぞう》しさがうそみたいだね。【魔力視】で視える範囲に、私たち以外の生き物の反応はない。

（静かだなぁ……平和）

……そして、何事もなく歩くこと、しばらく。

ちょっとずつ、人の反応が視えるようになってきた。

（待って……すごい高いところに人がいる？　何これ、高層ビル？）

街に近づくにつれて、人の反応がかなり高いところを移動しているのに気付いた。

最初は坂道の上とかにいるのかと思ってたけど、ほぼ真上を向かないと視えないようなところにも人がいたから、違う。

「ほう……ずいぶん立派な外壁だな。昔は防衛機構なぞ、ないも同然だったというに……

ここも様変わりした、ということか」

（あ、高層ビルじゃなくて壁なんだ。それにしても高い……）

いったいどんな建物があるんだろうと思っていたけど、どうやら人がいるのは、ガル
が言った外壁というものの上らしい。

「当たり前だが、壁の入り口では、検問もしておるようだな」

「だいじょうぶ？」

前回はうまくいったけど、今回はどうかなと思って聞くと、ガルは堂々と答える。

「今さら赤の他人には見えまいて。普通にしておれば問題はなかろう」

そういうものなのかな。他の人から私たちがどう見えているかわからないから、どう
しても不安になる。とりあえず、ガルの言う通り、いつも通りにしておこう。

私が何もしゃべらなくても、ガルなら検問を突破《とっぱ》するだろうし。

ずらーっと並ぶ人たちの横を、大きな音を立てて馬車が何台も通り過ぎていく。

（検問は馬車が優先なのかな？　進まない……）

歩いてきた人には時間をかけているらしく、なかなか列が進まない。

（暇だ……あっ）

【魔力視】の精度を上げる訓練だと思って、辺《あた》りを視回《みまわ》してみた。

すると、私たちの二組くらい前にいる人の頭から、ぴょこんと動物の耳が飛び出していることに気が付いた。ネコっぽい形をしてる。

イオリアさん以来の、ケモ耳……ときどきピコって動いてるのが可愛い。

獣人《ビースター》の人を、いつかこの目でちゃんと見てみたい。半分変身したガルみたいな、人化獣《ワービースト》の人も見てみたい。二足歩行する動物って、どんな感じなんだろう。

（他にもいないかな……）

私たちの後ろにも人はいるみたいだから、他に獣人《ビースター》の人はいないかと思って振り返った、そのとき。

「んっ？」

背中がぞわっとするような、嫌な感じがした。私の様子に気付いて、ガルが首を傾げる。

「む、どうしたフィリス」

「なにかくる……」

遠くにうっすらと、色が混ざった魔力反応が視える。だんだんこっちに近づいてきてるね。

「魔物か。この距離で察知できるとは大したものだ」

「えへへ」

ガルが頭を撫でてくれた。偶然のような気もするけど、褒《ほ》められると嬉しい。

「ちと耳を塞《ふさ》げ……西から魔物だ！　各々《おのおの》対処せい！」

ガルは大きく息を吸って、思いっきり叫んだ。空気がびりびりと震えて、耳を塞《ふさ》いでいても、ちょっと痛い。直後、周囲がざわついて、すぐに人々がバタバタと走る音や、武器を抜く音なんかが聞こえてきた。

「戦群狼《バトルウルフ》だ！　しかも長《ボス》がいるぞ！」

「戦える奴は前に出ろ！　女子供は死んでも守れ！」

「水の魔法が使えるやつ！　詠唱《えいしょう》始めろぉ！」

示し合わせたかのように、次々と指示を出す人たちがいる。悲鳴や怒号《どごう》はあまり聞こえてこないから、魔物の襲撃はよくあることで、戦闘に慣れてるのかもしれない。列になっていた人たちが一か所に固まって、街に近づくように全員で動いてる。日頃から訓練してたみたいにスムーズな移動。

私は、魔物の反応があるほうにじっと意識を集中させた。

(あの反応……橋で視たのと同じ？)

戦群狼《バトルウルフ》という名前は初めて聞いた。でも、あの反応には視覚《みおぼ》えがある。

あのときは意識が朦朧《もうろう》としていてはっきりとはわからなかったけど、そういえば泥沼の王《シュラム・モレ》以外の魔物も、橋には集まっていた。その中に戦群狼《バトルウルフ》の反応もあった気がする。

すると、走り回っていたうちの一人が、ガルが私を抱いていることに気付いた。

「ん？　あんた子連れかよ！　なら後ろに……」

どうやらその人は、私を守るためにガルを下がらせようとしてくれたみたい。でも、ガルは首を横に振る。

「いや、手が足りぬようだからな……我も手を貸そう。なに、この子ならば心配はいらぬ。けがひとつさせるものか」

「そ、そりゃ助かるが……無理はすんなよ！」

心配してくれたのはわかるけど、ガルは超強いよ。

一番安全なのはガルのそばだし、そもそも私はガルから離れるつもりはない。

「……長《おさ》がおっては、冒険者だけでは荷が重い。程々に手を貸すとしよう」

ガルが、私にしか聞こえないような声で呟いた。

本気のガルなら、全部相手にしても倒せるだろうけど、それだと目立ちすぎてしまう。

それでも手を貸して、誰かがけがをしないようにしてくれるらしい。

（優しい……）

そうこうしているうちに、魔物たちがすぐ近くまで迫っていた。

「さて、ひと暴れするとしよう」

片腕に私を抱いたガルが、私の頭をひと撫でしてから刀を抜く。

(か、カッコいい……！)

そしてゆっくりと歩きながら、向かってくる魔物を一瞬で斬《き》り伏《ふ》せる。

どういう振り方をしたら、私に負担をかけずに魔物を斬《き》れるのか……ガルは手加減してるみたいだけど、それでもものすごく強い。

腕の振りが速すぎるのか、【魔力視】に魔力の残像が映るほどだもん。

(っていうか、魔物……私ばっか狙ってない？)

他にも戦っている人はいるし、戦っていない普通の人もたくさんいる。

なのに、魔物は私とガルのところに殺到しているような気がする。

「狙いが単調だな。フィリスにしてみれば、たまったものではないだろうが」

(……やっぱり？)

ここでも、私の魔力は魔物を引き寄せているらしい。魔物からは、私はどれだけ美味《おい》しそうに見えてるんだろう。ちくちく刺さるような殺気が気持ち悪い。

(早く終わらないかなぁ……っ!?)

なんて思った瞬間、押しつぶされそうなほどの重圧を感じた。

それと同時に、戦群狼《バトルウルフ》に向かっていた男性の一人が叫ぶ。

「おっさん！　長《ボス》が来るぞ！」

「承知した」

(長《ボス》……って、でかっ！　狼形態のガルより大きいかも！)

重圧の正体は、私たちに突っ込んでくる、巨大な魔物の殺気。

狼というには、いささか巨大すぎる重機のような上半身と、私なんかプチッとつぶされそうな腕。下半身が華奢《きゃしゃ》に視えるせいか、よりアンバランスに思える。

そして、どう視ても長い尻尾が二本ある。

万全の【魔力視】だから、ここまで細かく感知できるけど……生き物とは到底思えないフォルムだね。

そこらにいる戦群狼《バトルウルフ》とは、格が違うらしい。

長《ボス》っていうか、あれはもう、魔力が同じだけの別物じゃないの？

「ウルォオオオオン！」

耳がつぶれるんじゃないかと思うほどの、長《ボス》の咆哮《ほうこう》。【魔力視】に映る魔力も大きく歪《ゆが》む。

「くぅ……っ」

「魔力をのせた大咆哮《だいほうこう》か。厄介《やっかい》だな」

ガルが風を操って音を遮断《しゃだん》してくれる。そうじゃなかったら鼓膜《こまく》が破れていたかもしれない。

長《ボス》の咆哮《ほうこう》の直後から、私たちに殺到していた魔物の動きが変わった。狙われたのは、一か所に固まっていた一般人。押し寄せる魔物の群れに、冒険者たちが慌《あわ》てている。

「なんだ!? こいつら急に……!!」

「民間人を守れぇ！」

「だめだ！ 守り切れねぇ！」

ガルが全力で走っても間に合わない。確実に何人かは犠牲《ぎせい》になる……と思った瞬間。

ガルが私に向けて叫んだ。

「フィリス！ 魔力を撒《ま》け！」

「っ！」

何をさせたいのかを一瞬で理解した私は、フルパワーで【空間把握】を使う。

（美味《おい》しい魔力を！ 召し上がれぇ！）

すぐに、私のやけくそな全力の【空間把握】が、一般人に迫っていた魔物たちに届いた。

……と思ったときには、もう魔物が私に向かってきていた。

「ひぃっ⁉」

（怖っ！　こっわ⁉　めっちゃ集まってる！）

長《ボス》の命令を無視してまで、私に吸い寄せられる魔物たち……というか、長《ボス》もこっちに向かってきてる⁉

これで、私が『極上の餌《えさ》』だというのを改めて思い知らされた。全っ然嬉しくないけど。

（っ！　後ろにもいた⁉）

背後から刺すような殺気を感じた。魔物は全部、一般人のほうに向かっていたのかと思ったけど、私たちのすぐ近くにもまだ残っていたらしい。

ガルはまだ、背後の魔物に気が付いていない。

「〈まもれ――かぜよろい〉！」

私は咄嗟《とっさ》に、魔法を使った。ガルが魔物に気が付いて振り向くのと同時に、〈風鎧〉の影響で周囲の魔力が歪《ゆが》む。

あまり防御力はないけど、少しでも援護になれば……って、あれ？

渦《うず》を巻く風の魔力がどんどん強くなって、ゴゥゴゥと激しい音とともに、広範囲に広がっていく。

……私の魔法って、こんなに強かったっけ。自分の周りに、人を跳ね返すくらいの風の壁を作り出す程度だったと思うんだけど。

そうこう思っているうちに、一番近くにあった魔物の魔力反応が、緑色の奔流《ほんりゅう》に呑み込まれて消えていった。後続は恐れをなしたかのように、私から距離を取っている。

「あ、あれぇ？」

もうこの〈風鎧〉は、私が知ってる私の魔法じゃない……どういうことなのかと思って首を傾げていると、ガルがわしっと、私の頭を強めに撫でた。

「この魔法……我の魔力と同調しておるゆえの威力だな。なんにせよ、よくやったフィリス」

ガルに言われてハッと思い出した。

（あぁ、そっか。イオリアさんのリボンの効果かぁ）

……私がつけているリボンには、ガルに触《ふ》れている間は、私の魔力をガルと同じものにするっていう効果があるんだった。

つまり、攻撃力の高いガルの魔力で、私は魔法を使ったことになる。そりゃ、こんな感じになったのも納得。

竜巻みたいになった〈風鎧〉に視惚《みと》れていると、ガルがつん、と私の頬をつついた。

「もう魔法は消してもよい。あとは任せよ」

私が〈風鎧〉を解除したのを確認したガルが、ぐっと姿勢を低くして、深呼吸をする。

そして……【魔力視】に映る魔力がブレて視えるほどの速度で駆け出した。ゴゥッと風を切る音が耳元で響く。

（きゃぁぁあああ!?　怖い怖い怖い!!）

私を支えているのは、ガルの左腕一本だけ。

足に草花が当たって、地面スレスレを高速で移動していることを実感する。……しかも、谷で魔物から逃げていた前回とは違って、ガルは魔物に向かって突っ込んでいる。それがまた怖い。

ガルは容赦《ようしゃ》なく、近くにいた魔物を斬《き》り倒した。

「なんか知らんが、助かった！　仕切り直せ！」

「子連れのおっさんを援護しろぉ！」

「うおぉぉぉ！」

ガルに触発《しょくはつ》されたのか、冒険者さんたちも大声をあげてる。魔力反応がブレブレで、どこに誰がいるかはわからないけど。

魔物はあとどのくらいいるのかと、ガルが向かっているほうに顔を向けた瞬間、目の前に今にも飛びかかってきそうな長《ボス》の反応があった。

(いやぁぁぁ!?)

長《ボス》の攻撃を紙一重《かみひとえ》で躱《かわ》したガルが、右腕を大きく振り上げる。

「終《しま》いだ!」

「ギャウッ……」

ザンッ! という豪快な音が聞こえて、長《ボス》の反応が薄くなって……消えた。

心臓、止まったかと思った……私、まだ生きてるよね?

シーン……と、辺《あた》りが静まり返る。

(た、倒したの……?)

反応がなくなったんだから、倒したんだよね? さっきまで感じていた重圧もなくなってるし。

そっか、ガルが長《ボス》を倒したんだ。流石《さすが》ガル……強い。

「さて……まだやるか?」

ガルは魔力をぶわっと膨れさせて、残った魔物を威圧する。

すると、長《ボス》を失った狼たちは散り散りになって逃げていった。私を襲うのは諦めたらしい。

とたんに、わっと周囲から歓声があがる。拍手や口笛の音も聞こえて、一気にお祭り騒ぎになった。

「やれやれ……我は静かに旅をしたいのだがな」

ガルがため息をついて、私を地面に下ろしてくれた。けど、ずっとガルに抱かれていたからなのか、足に力が入らない。というか、ガルジェットコースターで酔ったらしい。

馬車酔いしたときほどではないけど、頭痛がして気持ち悪い。

「きもちわる……ぅ!?」

「酔ったか。すまぬな……しかしよく耐えた」

ガルも今撫でるのはヤバいと感じたのか、頭に軽く手をのせるだけにしてくれた。

ご飯食べてなくてよかったよ。満腹だったら確実に戻してた。

そのとき、共闘していたうちの一人……みんなに指示を出していた男性が、ガルにおずおずと声をかける。

「なぁ、あんた」

「む？」

「あんた超強《つえ》ぇな。俺たちも冒険者なんだが、見ない顔だな……いったい何ランクなんだ？」

「我は冒険者ではないぞ。とうに引退した身だ」

「は？　うそだろ⁉　引退してあの強さかよ！　もったいねぇ！」

ガルの言葉に、質問した男性は激しく驚いている。聞き耳を立てていたらしい他の冒険者もざわめいた。でも、ガルはうそは言っていない。昔冒険者をしていたのは本当だし。

「現役の俺たちより、全然強《つえ》ぇぞ……」

「はははは。このおっさんやべぇわ」

「子連れより弱いのか、俺らは……」

ガルに強さを見せつけられた冒険者たちが、魔力をドヨドヨさせてへこんでいる。

けど、ガルはちょっと特別だから……比べちゃいけないと思う。

と、冒険者の一人が衝撃から立ち直り、ガルに聞く。

「復帰はしねぇのか？　あんたなら高ランクで復帰できるだろ？」

「今はこの子がおるゆえ、復帰は考えておらぬな。何にも縛られず、気ままに旅をするのもよかろう？」

「そうか、そういうもんかぁ……俺もガキができたらわかんのかねぇ」

「はっはっは！　手のかかる子供というのも、案外悪くないぞ」

ガルが豪快に笑う。手のかかる子供って……否定できないどころか、迷惑かけまくりの自信すらあるけど。

ガルは思いっきり私の父親目線で、冒険者に子育てのアドバイスをしていた……いいのかなぁ。

それからしばらく、冒険者とガルの間で、報酬《ほうしゅう》の取り分についての話し合いがされた。

そして、倒した魔物の魔石は全て冒険者に譲るという形で話がついた。

ガルは十分な路銀を持ってるし、大きなお金は邪魔なだけ……ということらしい。

騒ぎが落ち着いたので、ガルがもう一度検問の列に並ぼうとしたら、他の待っていた人たちが次々に順番を譲ってくれる。

「あんたら先に行ってくれよ」

「そうそう、助けてもらったしねぇ」

「これくらいしかできないけどな」

ガルが大活躍だったから、そのお礼に……ってことだろうけど、いいのかな。

私たちはあれよあれよという間に、列の一番前まで流された。

検問をしている兵士っぽい人が、私たちをじっと見ている気がする。

「割り込みは詰《つ》め所《しょ》行きだが、譲ってもらったのなら構わんか。さて……ウェルトゥールに来た目的は？」

どうやら、順番が変わったことに対するお咎《とが》めはないみたい。ガルは兵士さんの問いに答えるために口を開いた。

「旅の途中でな。今晩の宿を探しておる」

「なるほど……」

それからもいくつか質問をされて、ガルはうそを交《ま》ぜながらもうまく答えていく。

深緑の谷のなんちゃって検問とは違って、ここはしっかりとチェックするらしい。

やがて、兵士さんは大きく頷いた。

「……よし。いいぞ、通ってくれ。この通行証は、街の施設を利用するときは必ず見せるように。街を出るときに回収する」

「感謝する」

ガルが軽く頭を下げると、兵士さんは優しい声で言う。

「おう。早くその子を休ませてやりな」

兵士さんは気遣いができる人だった。私たちはやましいことをしてるわけじゃないけど、それでも無事に検問を突破《とっぱ》できると安心する。

「この街は、妙な輩《やから》とは無縁やも知れぬな」

(そういうこと言わないでよ。変なのがいたらどうするつも……りっ!?)

ガルに心の中でツッコミを入れながら、街に入ったとたん……視界に色が溢《あふ》れた。

「うあっ⁉」

ガツンッと殴《なぐ》られたみたいな衝撃があって、頭が割れるような痛みが襲ってくる。

咄嗟《とっさ》に【魔力視】を切ったらマシになったけど、まだ痛みは続いている。

「む、どうした、フィリス」

「……あたま、いたい……」

ガルは私の異変に気が付いて、人の声があまりしないところに移動してくれた。

私を診察してくれたガルは、ため息をついてから、私の頭を撫でた。

「……ふむ、魔力を一度に視すぎたな。負担をかけすぎては、いずれ『眼《め》』そのものが使えなくなる。しばらく魔力を【視る】のは控えておけ」

「わか、った……」

色のない真っ黒な視界はちょっと怖いけど、こればっかりは仕方ないか。

流石《さすが》に、ここは街というだけあって、人の数が半端じゃない。ずっと使っていたおかげで【魔力視】の精度が上がったのが、こんなところで仇《あだ》になるなんて。

これは、慣れるまで時間がかかりそうだなぁ。

ガルは再び私を抱き直した。

「さて、宿を探すとしよう」

「よろしく」

こういう大きな街だと、宿はどこも人でいっぱいだそうだけど、人が少ないところもないわけではないらしい。予約制の高級宿は貴族とか豪商向けだから関係ないとして、外壁に近いところか新しい宿を狙うんだって。

しばらく歩いて、ガルが足を止めたのは、普通に人の話し声がたくさん聞こえる場所。

「ほう……風狼亭《ガルムてい》か。我の名を使うとは面白い。ここにするか」

(え、そんな理由？)

「……そう怪訝《けげん》な顔をするでない。心配せずとも、お主《ぬし》のことは考えておる。通りに面しているゆえ、人が多いように感じるだけだろう」

ガルの名前が使われていて面白い……って理由だけじゃなかったんだね。

ちょっとだけ【魔力視】を使ってみると、確かに人の数は少なかった。

まぁ、あくまでもこの街の中では少ないほうっていうだけで、今まで滞在した宿に比べればかなり多い。

このくらいは我慢しろってことかな。

私たちが中に入ると、女性の声が出迎えてくれる。

「はーい、いらっしゃいませー。お二人様ですか？　ベッドは二つお使いになります？」

「ひとつでもよいな。可能なら隣が空《あ》いている部屋がよいが……」

ガルは今日も、ベッドを使わないつもりらしい。

「えーと、はい。ありますよ。二階の、奥から二つ目でーす」

流れるように今夜の宿が決まった。鍵を渡されて、指定された部屋に向かう。

（上から足音……？　二階建てじゃないんだ）

三階建て以上の宿には初めて泊まるね。景色が見えるわけじゃないから、私にはあまり関係ないんだけど。

ガルは階段を上って少し歩いたあと、足を止めた。そして、鍵が開く音がする。

「ここか。ふむ……なかなか、洒落《しゃれ》た部屋だな」

「おしゃれ？」

部屋の中を見てるらしいガルに聞くと、ガルは頷く。

「うむ。調度品が多いな。それに広い部屋ゆえ、お主《ぬし》はあまり動き回らぬほうがよいだろう」

「わかった」

ガルの口振りからすると、かなり豪華そう。流石《さすが》大きな街の宿というべきかな。

うっかりぶつかって何か壊すようなことがないように、おとなしくしておこう。

ベッドの位置だけ教えてもらって、一度床に下ろしてもらったけど……このベッド、高くない？

結局自力では上れず、ガルにのせてもらった。

……上れなかったってことは、下りるのも難しいかな？　結局動けないじゃん。

(でも……ベッドはふかふか。弾《はず》むみたい)

明らかに今までのベッドとは違う、ふかふかと体が沈む、柔らかくて暖かいお布団。

羊毛ほど重くないし、羽毛ともまた違う気がする。

なんだかクセになりそうな感触なんだけど、この布団の材料ってなんだろうね。

「ふぁ……ぁ」

横になってふかふかを堪能《たんのう》していたら、すぐに眠気が襲ってきた。

(まぁ……どうでもいいか……眠い)

さっきまで寝ていたような気がするのに、もう眠くなるなんて……よっぽど疲れていたらしい。

「時間になれば、我が起こす。それまでは眠るとよい」

「うん……」

ガルは半分変身を解いたのか、もふもふの大きな手で撫でてくれた。

優しい撫で方に心地よさを感じながら、私は意識を手放した。

◆
◆
◆

私――ナディがフィーちゃんを捜《さが》しに行くと決めた翌日、私とエリーは、アシュターレの屋敷を抜け出していた。

もちろん、家出したことは誰にも言っていないし、帰るつもりもない。

……今頃、屋敷は騒ぎになっているはず。

私とエリーが消えて、部屋はもぬけの殻《から》。

……残っているのは、私の髪の束。事件だと思われるように残してきたのだから当然だけれど、なかなかいい意趣返しになっているはず。

でも、これで終わらせる気はない。フィーちゃんが味わった苦痛は、倍にして返す。

こっそりと家出した私たちは、まずイタサを訪れていた。

……とはいっても、私はこの辺《あた》りでは有名人。髪を切って顔を隠したくらいで誤魔化《ごまか》せるほど、イタサの検問は甘くない。

街の外で様子をうかがいつつ、私とエリーはただ待っていた。

「ちゃんと届いたかしらね……」

「攻撃だと思われた……なんてことはないんですよね？」

心配そうなエリーに、私は力強く答える。

「エリステラならわかってくれるわ、きっとね」

私たちが待っているのは、エリステラに送った手紙の返事。

手紙鳥《メールバード》という、空を飛んで手紙を届けてくれる魔道具を使って、直接エリステラのところに手紙を飛ばした。

……ただ、魔力を込めすぎたのか、手紙鳥《メールバード》は流星のような速度で飛んでいってしまった。あれでは、何かにぶつかるまで止まらないはず。

攻撃ではなく、大事な手紙だとわかってもらえるといいのだけれど。

なんて思っていたら、エリーがふと遠くを見た。

「あ、ナディさま。すごい速さの馬車が、こちらに向かってきますよ」

「あれは……エリステラの馬車ね。直接来たのかしら？」

向かってきている馬車は、エリステラが外出時に使っているもののはずだけれど……乱暴な操縦《そうじゅう》ね。

エリステラは壊れそうなほどの勢いで馬車を停車させると、飛び降りると同時に炎《ほのお》をチラつかせた。

「ナ～ディ～!!」

「……あらいけない。すごく怒ってるわ」

怒《いか》りの形相を浮かべるエリステラは、両手に特大の火炎球を出現させた。

エリステラが護衛もつけず、たった一人でやってきたのは、自分の魔法に誰かを巻き込まないためね。チリチリと、熱で足元の草花が焦《こ》げていく。

やがてエリステラは私たちの前で足を止めると、声を張り上げた。

「手紙の内容は気になったけど！　まず！　手紙鳥《メールバード》が私のお部屋をめちゃくちゃにしたことを詫《わ》びなさい！」

「そうね、それは私が悪いわ。ごめんなさい、エリステラ」

「……やけに素直ね。貴女《あなた》、本当にナディなの？」

ボシュ、とエリステラが出現させていた炎《ほのお》が消えた。

（私が謝ったのが、そんなに意外かしら……）

私は苦笑しながら、顔を隠していたフードを取る。

「この通り、本物よ。見た目はちょっと、違和感があるかもしれないけれど」

「!?　貴女《あなた》、その髪……手紙の内容は本当だったのね」

エリステラは目を見開いた。貴族ではないエリステラも、貴族の慣習については知っている。私が髪を切ったということの意味を、正しく理解してくれたらしい。

「……馬車に乗りなさい。ここじゃ落ち着いて、話ができないでしょ」

「ありがとう、エリステラ。……行くわよ、エリー」

「は、はいっ⁉」

状況を掴みきれていないエリーとともに、エリステラの馬車に乗って、私たちはこっそりとイタサに入った。検問を素通りできる街の商人の立場を借りた、正面からの侵入だったけれど。

そうして連れていかれたのは、エリステラが所有しているという小さな家。

腰を落ち着けると、エリステラは重々しく口を開いた。

「じゃ、一から聞かせてもらいましょうか？」

「ええ。……私はこれから、あなたを巻き込むわ」

私はそう宣言してから、あの日起こったことを全部、エリステラに説明した。

エリステラは話を聞き終えると、呆然として私を見る。

「念のために確認するけど……どこまでが本当？」

「全部よ、全部。私が今、フィーちゃんと一緒にいないことが、何よりの証明よ」

「……そうね」

しばらくの沈黙のあと、エリステラは私たちを信じてくれたらしい。

フィーちゃんを連れてイタサを訪れたときは、ずっとフィーちゃんと一緒にいた。私がフィーちゃんを溺愛していることを、エリステラは知っている。

そのフィーちゃんを置いて、私が家を出ることは絶対にない。私という人間をよく理解しているエリステラなら、それをわかってくれると信じていた。

エリステラは、苦虫を噛みつぶしたような顔をする。

「橋が落ちたことは知っていたけど……フィリスのことは知らなかったわ。事故による死者や行方不明者《ゆくえふめい》はいない、って公表されているから」

「新聞はアテにならないわよ。ゲランテの息がかかっているはずだから」

「今の話を聞いて納得よ……はぁ……厄介《やっかい》なことになったわね」

私の言葉に、エリステラが深いため息をついた。

フィーちゃんを殺そうとしていたゲランテが、わざわざ自分が不利になるようなことを公表するはずがない。伯爵という立場を利用して、フィーちゃんのことを「なかったこと」にするとは予想していたけれど……予想以上に手を回すのが早そうね。

「それで？　私に話したってことは、何かしてほしいことがあるんでしょう？」

ぐでーっと脱力したエリステラが、ひらひらと手を振る。私はそんな彼女に微笑んだ。

「話が早くて助かるわ」

「あんな話を聞いて、無下にもできないでしょうに……貴女《あなた》、イヤな女ね」

「何を今さら」

貴族の令嬢なんてこんなものよ、と心の中で呟いた。

私は自分勝手だから、使えるものは何であれ使う。

ゲランテは思ったよりも早く行動を起こしそうだから、私も考えていた仕返しを早く全て実行する。

「まずはこれを、アリシアとテテルに届けてほしいの。今の話と一緒にね」

私は、屋敷を出る前に準備していた二通の手紙を取り出した。

それは、学園時代からの友人、伯爵令嬢のアリシアと子爵令嬢のテテルに宛てた、暴露と別れの手紙。

私が手紙を差し出すと、エリステラは肩をすくめる。

「……はぁ。何をしたいのか、もうわかったわ」

「あら。流石《さすが》ね、エリステラ」

「噂大好き、お茶会大好き、貴女《あなた》の悪友とくれば、考える必要なんてないわ……女子の繋がりと噂を使って、フィリスのことを公《おおやけ》にするつもりでしょう。それに、私を間に挟んだのは、商人としての私の力も使えってことなんでしょう?」

ただ手紙を出しただけで、ここまで理解してくれるなんて驚き。エリステラを頼ったのは正解だったようね。私が考えていたことは、エリステラにはお見通しらしい。

「大正解よ」

「ほら、そんなことだと思った……本当に自分勝手。全く貴女《あなた》らしい」

誰もいないからなのか、素の口調で話すエリステラ。

エリステラには、貴族の私にはない、商人としての繋がりがある。

それを使ってもらえれば、ゲランテたちへより大きな報復ができる。

「……谷に行くのなら、一度ダナーリオに行きなさい。国境の街エルブレンまでは、馬車を用意してあげるわ」

しばらく考え込んでいたエリステラが、ぽそっと呟いた。

私が今後必要とするであろうものを用意してくれるらしい。

「エリステラ……感謝するわ。本当にありがとう」

「別に……フィリスのためよ。生きていると信じているのなら、きちんと連れて帰ってきなさい。死ぬことは許さないから」

「もちろんよ！」

ここまでしてもらって、私が諦めるなんてあり得ない。

フィーちゃんを連れ帰って、あなたにもう一度会わせてあげる。

ぶつぶつと何かを呟いていたエリステラは、大きなため息をついて頭を掻いた。

「はぁ……忙しくなるわね。あーもう！　必要なものは全部持っていきなさい。お部屋の修繕費《しゅうぜんひ》と併《あわ》せて、あとで請求するから」

「助かるわ」

やけくそのエリステラに甘えて、彼女が保有している道具類を借りることにした。

（いくらになるのかは、ちょっと怖いけれど……）

……これで、ぐっとフィーちゃんに近づいた。

まずは、国境の街エルブレンを目指しましょう！

第五章　かみさまのおくりもの

ウェルトゥールを発《た》ってから、早三日が経った。

私たちは今、エルブレンの手前の街に滞在している。

ここは、前にガルが来たときは村だったらしいんだけど、今じゃウェルトゥールよりも大きな街になったんだって。

……ガルが前に来たのって、何年前なんだろうね。

「まさか魔物で足止めを食らうとはな……」

「しかたないよ」

この街に来てから、今日で三回目のお昼。

すぐに移動しなかった……というかできない理由は、今ガルが言った通り。

エルブレムナというらしいこの街と、エルブレンを繋ぐ街道上に大量の魔物が居座ってしまって、二つの街の行き来が禁じられてしまったから。

ガルなら問題なく突破《とっぱ》できるけど、街から出ちゃだめと言われてしまえば仕方ない。

ということで、私が人混みに慣れる訓練も兼ねて、エルブレムナを観光することにした。

エルブレムナは大きな街だから『選定の儀』を受けられる教会があるので、ここで済ませてしまおうかという話にもなったんだけど、予約でいっぱいだった。残念。

今日もガルに抱っこされて歩いていると、突然ガルが足を止める。

「む……?」

「？　どうしたの？」

「いや、ちと気になるものを見つけてな」

そう言いながら、ガルは何かを購入した。がさがさと紙が擦《こす》れる音がする。

（紙とインクのにおい……？）

「新聞の一面に、エイスの話題が出ておる」

ガルが買ったものは新聞だった。しかもエイス王国の話題が掲載されたもの。

国境が近い街では、こうして隣国の話題が載るのはおかしくはないらしい。今は道が封鎖されているから、載っていたのは三日前の記事だそうだけど。

ガルは近くに腰掛けて、新聞に書いてあることを私に教えてくれた。

「『エイス王立魔法橋崩落《ほうらく》！　王国内に混乱広がる』……と、見出しが出ておるな」

（私が落ちた橋か……）

エリーが橋の名前を言っていた気がする。……まぁ、エイス王国には橋がひとつしかないらしいから、間違えようもないんだけどね。

「ふむ……どこにも死者や行方不明者《ゆくえふめいしゃ》の情報はない、か」

「そっか」

まぁ、そんなことだろうとは思っていたけど。

ガルによると、隣国の出来事でも死者が出た事件や事故は、ちゃんとその情報が明記されるらしい。

私以外に巻き込まれた人がいたかはともかく、私のことをあのゲランテが報告するはずがない。

ゲランテは、私を始末したがってたみたいだったし。都合よく私が行方不明《ゆくえふめい》になったのに、わざわざそれを言いふらすようなおバカさんではない……と思う。

(あーでも、リードなら言いまわってそう……)

やたらと私を毛嫌いしていたリードなら、私がいなくなったことを自慢げに話してまわってそう。

ナディお姉さんも、もしかしたら動いてくれているかもしれない。今、あっちがどうなっているのかわからないけど、アシュターレ家は相当混乱してるんじゃないかな。

私が眉をひそめていると、ガルが口を開く。

「アシュターレというのは、お主《ぬし》の姓《せい》だったな?」

「いちおう」

「お主《ぬし》や姉を悪く言うわけではないが……他国の新聞に扱《こ》き下《お》ろされる貴族とは珍しいな。それほどまでに悪名《あくみょう》高い貴族なのか」

ガルが読んでいる新聞には、アシュタール伯爵に関する記事も出ているらしい。

あまりいい記事ではなく、ゲランテの問題点ばかりを指摘してるんだとか。

（ざまぁみろ……）

とはいっても、私のことを言ってるんじゃなくて、あの事故のあと、ゲランテが橋の修繕《しゅうぜん》をなかなか行《おこな》わず、長時間の通行止めを引き起こしたようで、王から爵位《しゃくい》を賜《たまわ》った伯爵として責任をとるべきでは、みたいなことが書いてあるらしい。

（あれは、魔物が暴れたせいなんだけどね）

やっぱり、正確に伝わってるわけではないらしい。この世界にインターネットなんてないだろうし、仕方ないことだけど。

「……さて、今日はもう休むとするか。明日には、封鎖が解除されるとよいのだが」

「そうだね」

新聞も読み終わって、特にすることもなくなった私たちは、早めに宿に戻ることにした。

訓練の成果か、いい具合に人混みにも慣れて、ずっと【魔力視】を使っていても頭痛はしなくなったよ。

これなら、エルブレムナよりもさらに大きいというエルブレンに、いつ出発しても大丈夫……だと思う。

足止めされるのはそろそろ飽《あ》きてきたし、早くナディお姉さんがいるエイス王国に行きたい。


そして翌日。

私は、ゴンッ！　という鈍《にぶ》い音で目を覚ました。

（なに今の……ガル？）

飛び起きて【魔力視】で確認すると、ガルが私が使っているベッドにのしかかっていた。

……さっきの音は、ガルがベッドに体のどこかをぶつけた音だったらしい。

私のほうが早く目を覚ますなんて珍しいね。ガルもたまには、熟睡するんだ。

（あったかそう……）

ふとそう思って、すぐ目の前にある大きな狼の背中に、私はモソモソとよじ上った。

抱きつくようにして寝転がってみると、もふもふで程よくあったかくて、包み込んでくれるみたいに大きくて……なんだかクセになりそう。

「む？　……何をしておるのだ、お主《ぬし》は」

私が背中にくっついていることで目が覚めたらしいガルが、軽くため息をついている。

私はふわふわの毛に、顔を埋《うず》めた。

「もふもふ……」

「何度も乗っておるだろうに。まぁ、好きでやっておるのなら、何も言わぬがな」

緊急時の乗り心地とは、また違うんだよ。

それからしばらくして、存分にもふもふを堪能《たんのう》した私は、ガルから下りた。

「満足したか？」

「うん」

人型になったガルに連れられて、部屋をあとにする。

今日も街の探索《たんさく》か……と思ったら、宿の従業員に声をかけられた。

「お客さん、エルブレンまでの馬車の運行が再開したそうですよ。行ってみたらどうです？」

やった、これはすごい朗報。ガルも嬉しそうに口を開く。

「ほう、それは助かるな。情報に感謝する」

「いえいえ」

従業員に見送られたあと、私たちは今日の予定を変更してエルブレン行きの馬車を探すことに。

隣街までは定期便が運行してるらしいから、そこまで苦労はしないみたいだけどね。

ガルは、途中で何度か道を尋ねながら歩き、馬車の発着場を探す。

「む、ここだな」

しばらくして、ガルが発着場を見つけたらしい。

発着場を管理してる人に尋ねたところ、宿で聞いた情報通り運行は再開していて、すぐにでも出発できるんだって。エルブレンまでの定期便はたくさんあるらしい。

ということで、私たちは馬車待ちの列に並んだ。何日も足止めされたぶん、乗る人は多いみたいだけど……このペースなら、すぐに順番がきそう。

「ふむ、次で乗れるか」

なんて思っていたら、本当にすぐ順番が回ってきた。

(はや……)

女性や老人と思われる人たちから、順に馬車に乗っていく。大柄《おおがら》なガルは最後に乗るらしく、順番を譲っていた。

ところでこれ、乗合馬車っていうらしいけど、何人乗りなんだろう……余裕で十人以上はいるよね。

「出発しますぜー!」

ガルが私を抱《かか》えたまま乗り込むと、御者《ぎょしゃ》さんの合図で馬車が動き出した。

エルブレムナからエルブレンに向けて、乗合馬車がゴトゴト進む。

（あ、護衛がついてる……強そう）

馬車の脇《わき》を固めるように、馬に乗った強そうな魔力反応の人が数人、馬車に同行していた。

……護衛って、やっぱり強いのが普通なんだよね。ゲランテが用意した護衛は、あまりにも弱かったみたい。

無事馬車にも乗れたし、あとはただ揺られるだけかと思ったけど……

「魔物が出たぞー！」

……坂道で減速したり、今みたいに魔物が出て急停止したりと、なかなか思うようには進まない。

みんなそわそわしてもおかしくないのに、突然誰かが呑気《のんき》に歌い出したと思ったら、いつの間にかみんなで大合唱していたりと、暗い雰囲気はない。

私は知らない曲だったけど、ガルは当たり前のように参加してた。なんだか、前世の公共交通機関とは全然違うけど、これはこれで楽しい。

……そして、ガタゴトと馬車に揺られること約半日。

何度か休憩を挟んで、ようやく国境の街エルブレンに着いた。ただ乗ってるだけでも疲れるね。

「ほい到着ですぅ！」

「世話になった」

馬車が完全に停まると、ガルが私を脇《わき》に抱《かか》えて降りた。

……って、また荷物みたいに扱われてるし。無意識にやってるのかな。

「ガルぅ」

「む？　おぉすまぬな、ついやってしまう。イオリアにも散々叱《しか》られたのだがな……やはり簡単には直らぬ」

「いいよ」

わざとやってるんじゃないのはわかるし、そこまで嫌な気分でもないんだけど。

……ただ、周囲から向けられる感情や、小さな笑い声が気になるだけで。見えないのに、なぜか注目されているのがわかって落ち着かない。

気を取り直して、ガルが今後の行動計画を立てる。

「ふむ……一息にエイス側に抜けるか。もう一度検問があるはずだが、そこまで厳しくはなかろう」

「わかった」

ガルは私を抱き直して、すいすいと歩いて国境へと向かう。その道中、私にいろいろ教えてくれる。

「ここは面白い街でな。隣国と最も近くにありながら、互いの特色が出ておる。ゆえに、壁ひとつで文字通り、世界が変わる」

「そんなになんだ」

二つの国を隔《へだ》てているのは、街を取り囲む外壁よりも高く分厚い壁。

でも、どうやら仲が悪いからそうしているわけではないんだって。

ひとつの街を二つに分けて、壁で区切ってそれぞれの国の特色を強く出す。

そうすることで、国境を越えたんだという感覚をはっきりさせる。

そして、郷《ごう》に入っては郷《ごう》に従えってことで、法律なんかが変わったことを意識させて、ルールの違いから起きる「うっかり犯罪」を減らしているみたい。

だから、よほどのことがない限り壁にある門は封鎖されることはなく、両国の移動は可能。

（うまくできてるなぁ、この街）

私が感心していると、ガルに頭を撫でられた。

「エイスに入ったら、まず教会を探す。今度こそ、お主《ぬし》の『選定の儀』の日取りを決めねば」

「ようやく？」

「そうだ。最低でも二日前に予約をし、儀式の準備をする。とはいえこれは教会側の準備期間ゆえ、我らはただ待つだけだがな」

そういうものなんだね。まぁ、私はその辺《あた》りには詳しくないから、ガルにお任せ。

それから少しして、私たちは国境の壁に到着した。

……流石《さすが》に国境だから手こずるかと思っていた検問も、拍子《ひょうし》抜けするほどあっさりと通過。流れ作業のように、あっという間に抜けていた。

門を通るとすぐに、一瞬人の声が遠くなって、またすぐにがやがやと騒がしくなる。

（……ん？　においが変わった）

私の表情の変化に気が付いたらしく、ガルはフッと鼻を鳴らした。

「気が付いたか。言ったであろう？　世界が変わる、と」

「たしかに、ちがう」

何も見えていないけど、確かに変わった。

においは、爽《さわ》やかな小麦とパンのものから、香ばしく焼けたお肉のようなものに。方言みたいなものなのか、人の話し声も微妙に違う。

ガルが言うには、建物の建築方法も変わったらしい。ダナーリオは木造建築だったけど、エイスはレンガ造りの建物が多いんだって。

ガルは辺《あた》りを見回しながらずんずん進み、呟く。

「ふぅむ……教会はどこだ？　適当に回ってみるか……」

（え、適当？　場所知ってたんじゃないの？）

ガルは自信満々で歩いているのかと思ったら、かなり行き当たりばったりだった。

場所がわからないのなら、その辺にいる人に聞くとか……って思ったときには、もう近くにいた人に声かけてるし。

そんな感じで、私たちは道行く人に声をかけながら歩いた。

そして、ゴァーン、ゴァーン……という、高いような低いような、不思議な鐘《かね》の音が鳴り響く場所に着いた。かなり大きな音なのに、すぐ近くに来るまで気が付かなかった。

人の声が、鐘《かね》の音をかき消していたみたい。

（パイプオルガンの音？　前世の記憶とはちょっと違うけど、きれいな音色……）

ここがガルが目指していた教会らしく、中に入ると荘厳《そうごん》な音楽が聞こえてきた。

前世のパイプオルガンの音、私は結構好きだったなぁ。

私が音楽に聞き入っている間に、教会の人がガルに話しかける。

「ようこそいらっしゃいました。本日はどのようなご用件で？」

「この子に『選定の儀』を受けさせたい。なるべく早く頼みたいのだが……」

「そうですね……明後日《あさって》は空《あ》いておりますよ」

二日前に予約する、と言っていただけあって、最速でも受けられるのは明後日《あさって》になってしまうらしい。これは仕方ないから、待つけど。

ガルは少しの間のあと頷いた。

「ではそれで頼む」

「かしこまりました。では、こちらをお持ちになって、また明後日《あさって》においでくださいませ。これから、この魔道具についてお話しさせていただきます」

あっという間に日取りが決まった。それから、教会の人が説明してくれる。

ガルが受け取ったのは、手のひらサイズの、薄く魔力をまとった板。それを、首にかけるように指示された。

それは確認札という魔道具で、この札を持っていないと『選定の儀』は受けられないんだそう。

それぞれの教会で魔力のパターンが違うから、別のところに持っていくのもなしなんだとか。これまたうまくできてるなぁ。

「そのお札を見せると、この近辺のお宿を案内してもらえますよ」

教会の人は優しい声でそう言って、話を締め括った。

「ほう、それは助かるな」

ガルが嬉しそうに言ったあと、私たちは教会を出た。大きな街だし、宿探しは難航するかと思っていたけど、あっという間に終わった。

教会の人が言っていた通り、すぐ近くにあった宿は、教会の確認札を持っている人を優先的に泊めてるみたい。

案内された部屋に入った瞬間、ガルが元の狼の姿に戻った。

「我の魔力もギリギリだな……もう少し時間が経っておったら、変身を維持できなんだ」

（危な……）

今日は一日風を操ることがなかったから、いつもより消極的だとは思っていたけど、どうやら消費する魔力を抑えていたらしい。途中で切れてたらどうするつもりだったんだろう。

「明日は活動を控えねばな。ここまで魔力を消費しては、長時間の変身維持は不可能だ」

ガルが珍しく辛《つら》そうなため息をついた。

「だいじょうぶ？」

「なに、魔力が切れたからといって、どうこうなるわけでもないが……街中で変身を解くわけにはいかぬからな」

聖獣のガルは人とは違って、魔力が切れても倒れないらしいけど、それでも変身ができなくなるのに変わりはない。

街中にいきなり巨大な狼が現れたら……大惨事《だいさんじ》になるのは間違いないよね。

というわけで、明日は探索《たんさく》もそこそこにして、明後日《あさって》に備えることにした。

そして翌日。

目を覚ますと同時に【魔力視】を使った私の視界に、白くて細い線が映った。

(追跡魔道具の光……？)

それは、ナディお姉さんの居場所を指す、私の希望の光。

どうやら、先に起きたガルが魔道具を使って、ナディお姉さんのいる方向を探っていたらしい。

「む、起きたか。フィリスよ、朗報だ」

「？」

人化獣《ワービースト》の姿のガルが、私の頭を強めに撫でた。いい報告があるらしいけど、いったいなんだろう？

「ナディは現在、この街におる。流石《さすが》にどこにおるかまではわからぬが……かなり近いぞ」

「‼　ほんと⁉」

「うむ、間違いないだろうな」

ガルの言葉に、ドクン！　と胸が高鳴った。

今すぐにでも光を追いかけたい衝動に駆られるけど、その気持ちを必死に抑え込む。

冷静に、冷静に……私一人じゃ何もできないよ。ガルの指示に従ったほうが、早くナディお姉さんにたどり着ける。

だから落ち着け……と、私は私《フィリス》に言い聞かせる。

すると、落ち着かない私の様子に気が付いたのか、ガルが喉《のど》を鳴らした。

「半日が限度だが、捜《さが》しに行くか？　『選定の儀』を先に済ませるか？」

「さがしに、いきたい！」

「はっはっは、そう言うと思っておったわ！　よし、では行くか」

「うん！」

……ガルはわかってて私に提案したらしい。魔力が楽しそうに揺れている。

豪快に笑ったガルが、完全な人型に変身して私を抱き上げた。

「さて、捜《さが》すか」

宿を出て、光を頼りにナディお姉さんを捜《さが》す。

でも、昨日みたいに人が多いと、魔力を視分《みわ》けられるか心配……だったんだけど、今日はどういうわけか、【魔力視】に映る人の数が少ない。声もほとんど聞こえない。

私が首を傾げていると、ガルが口を開いた。

「人が少ないのが気になるか？」

「うん」

「目が見えておれば、すぐわかるのだが……ほとんどの商店や家の戸口が閉まっておる。恐らくここは、昼は寝ておるのだろう」

なるほど……エルブレンのエイス王国側は、夜の街みたいな感じらしい。

（でもこれは、好都合）

視える魔力が少なければ、そのぶんナディお姉さんを捜《さが》しやすくなる。

水属性の人はちらほらといるけど、どれもナディお姉さんとは違う反応。

……まぁ、あんなに大きくて濃い、海みたいな青色の魔力は、他に視たことがないけど。

これなら割と、すぐ見つけられるかも？

……なんて、そんなことはなかった。流石《さすが》に広い街での人捜《さが》しは甘くない。

ガルは困ったように唸《うな》る。

「銀髪は、水や風の属性持ちによく見られる、いわゆる普通の色だ。個人を限定するのは至難の業《わざ》だな」

「むぅぅ」

ガルにナディお姉さんの容姿を伝えたくても、私がそれを知らないんだからどうしようもない。

青みがかった銀髪の若い女性……っていう情報だけでは、流石《さすが》のガルも苦労してるみたいだった。

ふと、思いついたようにガルが私に話しかける。

「フィリス、お主《ぬし》はどの程度の距離なら、ナディを判別できるのだ？」

（ナディお姉さんに限って、だったら……）

私の【魔力視】の感知範囲はかなり広い。ガルの視界に入るような距離なら、私は多分感知できる。……ナディお姉さんの魔力は独特だから、近くに行けば気付くと思う。

「ガルが、みえるくらいなら」

「ふむ…………銀髪の女性を見つけ次第、近くに寄ればわかるか？」

「たぶん……」

「よし、あまり時間も残っておらぬゆえ、それで行くぞ」

追跡魔道具から伸びる魔力の線を頼りに、だいたいの位置を割り出して……あとはひたすら私が感知するローラー作戦。うまくいくかどうかわからないけど、やるしかない。

（違う……あの人も違う……）

足早に歩くガルが、体の方向を忙《せわ》しなく変える。傍《はた》から見たら怪しいかもしれないけど、人は少ないから多分大丈夫。

（違う……）

結構経っても、ナディお姉さんらしき人は見つけられない。

そして、私の集中力も切れかけて、ガルの変身のタイムリミットも近づいてきたそのとき。

（……!!　見つけたぁ！）

視覚えのある……というかずっと捜《さが》していた大きな青色の魔力を、ついに見つけた。

「いた！」

結構距離は離れてるけど、間違いない。ちょっと高いところに反応があるから、建物の二階にいるのかな？

「ねぇーさまぁー！」

私は、思いっきり叫ぶ。

するとすぐに、ナディお姉さんの魔力反応がぶわっ！　と大きくなった。私の声に気が付いたみたい。

「うそでしょう⁉　フィーちゃん⁉」

「ねぇさまー！」

私たちが近づくと、ずっと聞きたかった声がはっきりと聞こえてきた。鼓動が急激に速くなる。

「～～っ！　フィーちゃんっ‼」

「ねぇさ……へ？」

と、何を思ったのか……ナディお姉さんの魔力が急に近づいてきた。……どうやら、そのまま飛び降りてきたみたい。

階段を使う時間も惜《お》しかったのかもしれないけど、このままじゃ地面にぶつかる！

……なんて思った瞬間、ナディお姉さんの魔力が膨らんで、青い道のようなものがスゥッと地面に向かって伸びた。

その道の上を、サーフィンのように滑《すべ》って、ナディお姉さんが移動してくる。

なぜか荒れ狂う海のように、魔力をうねらせるナディお姉さんは、今まで聞いたことがないような声で絶叫する。

「フィーちゃんからっ！　離れろぉっ！　〈撃ち抜け――水弾〉！」

そして、そのまま高速で魔法を撃ってきた。狙われたのは私……じゃなくて、私を抱っこしてるガル。飛んできた魔法を、ガルは難なく斬《き》る。パァンッ！　という、激しい音が響いた。

……この瞬間、私を間に挟んだ、謎の戦いの火蓋《ひぶた》が切られた。

青い道に沿って、縦横無尽《じゅうおうむじん》に超高速で駆け回るナディお姉さん。あの道は魔法とも視え方が違うから、ナディお姉さんの《ギフト》……《水辺の舞踏》なのかもしれない。

（初めて視た……じゃなくて！）

思わず視惚《みと》れてしまったけど、すぐにハッとなる。

ナディお姉さんは、多分何か盛大な勘違いをしてる。ずっとガルだけを狙っているから……もしかして、私をどこかで攫《さら》った犯人だと思い込んでる？

（普通はそうは思わない……けど、ナディお姉さんならあり得る）

深緑の谷に落ちた私が、自力でここまで移動してくるのは絶対に不可能。誰かに連れてきてもらったと考えるのが自然だけど、ナディお姉さんは私を溺愛《フィリス》してる。

ガルに抱っこされる私を見て、頭に血が上ってしまって、冷静な判断ができなくなっているのかもしれない。

（だったら……私が止めないと）

これ以上、ナディお姉さんとガルが争う姿は視たくない。私の声なら、きっとナディお姉さんに届く。私は、思いっきり息を吸って、ナディお姉さんに向かって叫ぶ。

「とまって！」

「っ!?」

ピタリ、とナディお姉さんの動きが止まった。よかった、声が届いた。

「ねぇさま。ガルは、おんじんだよ」

私がそう言うと、ナディお姉さんの魔力が、混乱を表すかのようにぐるぐるとうねりだした。かと思えば、膨らんでいた風船がしぼむみたいに、ナディお姉さんの魔力反応が小さくなっていく。

……そしてナディお姉さんが、流れるように土下座の姿勢を取った。

「大変、失礼なことをいたしました……」

この世界にも土下座あったの!?　……じゃなくて、ナディお姉さんは、ガルについて理解してくれたらしい。

ガルは刀を納めて、ナディお姉さんに優しく話しかける。

「顔を上げよ。愛する妹が、見知らぬ者とおれば怪しむのも当然であろう」

「あの、あなたはいったい……」

顔を上げたナディお姉さんが、へたり込んだままガルに質問する。ガルは説明がややこしいと考えたのか、ナディお姉さんの質問には答えず、私を地面に下ろした。

「それはあとで説明しよう。……行くがよい、フィリス」

ガルに背中を軽く押された。ナディお姉さんはもう目と鼻の先。

抑えきれない気持ちそのままに、私はナディお姉さんに突撃した。

「ねぇさま！」

ボフッと、ナディお姉さんの胸に体当たりする。懐かしくて優しい、以前と変わらないナディお姉さんの香りがした。

「フィー、ちゃん……よね？　夢じゃ、ないのよね？」

「うん、ほんものだよ！」

「あ……あぁ、フィーちゃん……っ！　フィーちゃん！」

一瞬のあと、ぎゅうっとナディお姉さんに強く抱きしめられた。嗚咽《おえつ》とともに、私の顔にぽたぽたと雫《しずく》が垂れる。

私も我慢できず、声をあげて泣いた。今だけは私《フィリス》の思うままに、思いっきり泣こう。

「よかった……本当によかった。無事でいてくれて、ありがとう。あのとき、守れなくてごめんなさい」

「ううん。きてくれて、ありがと」

「フィーちゃん……！」

ナディお姉さんは何度も何度も、橋の崩落《ほうらく》のとき、私を守れなかったと謝ってくれた。

でも、ナディお姉さんが悪いわけじゃなかったし、あのときは全力で助けようとしてくれていた。

……それに、こうして捜《さが》しに来てくれている。私には、感謝の思いしかないよ。

「その感動、私にも分けてくださいよぅ！」

しばらくナディお姉さんとの再会を噛みしめていたら、すごく馴染みのある声が聞こえてきた。

「!?　エリー？」

ダダダダダッ！　とすごい勢いで駆け寄ってきたのは、私の専属メイドだったエリー。

普通に階段を下りてきたらしく、ちょっと遅れたみたい。

「わぁ！　本当にフィリスさまだ！　うっ、よかっ……よかったです、ご無事でぇ……っ！」

ガバッと、私とナディお姉さんごと抱きしめるように突撃してきたエリーは、わんわんと大声で泣いてる。

「泣きすぎよ、エリー」

「ナディさまには、言われたくないです……ぐすっ……」

エリーはナディお姉さんに反論しながらも、涙を流し続ける。

だめだ耐え切れない……止まりかけていた涙が、また溢《あふ》れ出《だ》す。

……それからどのくらい、私たちは泣いていただろう。

一瞬のようにも感じたし、かなり長い時間にも思えた。

「そろそろ移動せねば、我の誤魔化《ごまか》しも利《き》かぬようになるぞ」

そこでふと、ガルが私にしか聞き取れないような小声で、ぼそっと呟いた。

(そういえばここ……普通に道の真ん中だった)

ガルに言われて気が付いたけど、私たちが大泣きしていたのは宿の前の道。

つまり……まぁ、周囲に人が集まってきていた。

声は、ガルが風を操って隠してくれていたみたいだけど、団子みたいに抱き合う姿までは隠しようがない。……往来で何やってるんだ、とか思われてそう。

ずっと見られていたと思うと、すごく恥ずかしい。

「まずはここを離れるぞ。フィリス……もう維持するだけの魔力がない、と言えばわかるな？」

「……やばい」

ナディお姉さんとエリーはわからないだろうけど、今ここでガルの変身が解けるのは非常にまずい。困惑で魔力を揺らす二人を引き連れて、私たちは急いでその場を離れた。

……そして、私たちが泊まっていた宿の部屋に戻って、改めて事情を説明することに。

周囲に人がいないのを確認したガルが、ゆっくりと息を吐く。

「先程の質問に答えよう。我はフィリスを保護する者」

そう言ったガルの魔力が渦《うず》を巻いた。四人では狭すぎる部屋で、ガルが元の狼になる。

私を包み込むようにして変身を解いたからなのか、極上の毛布に包まれているみたいな感覚になった。

「……名を、リルガルムという」

「狼!?　いえそれより、リ……リルガルムですって!?　それって、聖獣の名では……」

私はもう慣れてしまったけど、ガルの自己紹介に、ナディお姉さんが激しく驚いている。一方のガルは、平然と頷いた。

「その認識で合っているぞ。我は聖獣、風狼リルガルムだ」

エリーはといえば、ガルが狼の姿になった辺《あた》りから、一言《ひとこと》も発さなくなった。

……まぁ、それもそうだよね。目の前に巨大な狼が現れたら、エリーみたいになってもおかしくはない。

「我らがここにいる理由を話そう。卒倒《そっとう》しなかっただけ、マシなのかも。フィリス、お主《ぬし》の口からもな」

「うん」

ガルに促《うなが》されて、私は頷いた。

「お手柔らかに……ね？」

混乱するナディお姉さんと、動かなくなったエリーに、私たちはこれまでの経緯を説明していった。

……ただ話していただけなのに、夜になってしまったらしい。

というか、改めて説明してみると、自分でも驚くような体験ばかりしてたね。

まるでおとぎ話のような体験談を聞かされたナディお姉さんたちは、途中から乾いた笑いを漏らすようになってしまっていた。

そして、精神的に疲れたというナディお姉さんは、私を抱いたまま眠った。

先に横になっていたエリーも、すやすやと寝息を立ててる。

「……今まで気を張っておったのだろう。しばらくそうさせておけ」

「うん、そうだね」

人化獣《ワービースト》に変身したガルが、私に毛布をかけてくれた。

そして、ガルが静かに部屋を出ていこうとする。ナディお姉さんたちを気遣って、違う部屋で休むらしい。

でも、いつも一緒にいたから、離れると急に不安になる。

「ガル……」

「む？」

「いなくなったり、しないよね……どこにも、いかないよね……？」

朝起きたらガルがいなくなってるんじゃないか……なんて不安で、胸が苦しくなる。

私の問いかけに、喉《のど》を鳴らしたガルは、優しく私の頭を撫でた。

「安心せい。お主《ぬし》は放っておけぬと言ったであろう？　ここで捨て置くなぞあり得ぬわ。明日は『選定の儀』。疲労を残すでないぞ」

「ふふ……そっか」

私の心配は杞憂《きゆう》だったらしい。いきなりいなくなる、なんてことはしないみたい。

ガルの言葉に安心した私は、あっという間に微睡《まどろ》んだ。


そして翌日。

「ん……」

（動けな……って、ナディお姉さんか）

寝る前と全く同じ状態で、ナディお姉さんが私を抱きしめている。

安心感と温《ぬく》もりを感じながらも、抱き枕になった気分。悪い気はしないけど。

（あ、ガルは……隣かな）

眠る直前のやり取りを思い出して、ガルの反応を探すと……隣の部屋だと思われるところに、大きな緑色の塊《かたまり》があるのがわかった。

誰もいないところだと、丸くなって寝るんだね……なんか可愛い。

そこでナディお姉さんが、もぞもぞと起きた。

「ん……はっ!?　夢……じゃない!?」

ナディお姉さんは一瞬で覚醒《かくせい》して、抱きしめていた私に気が付いたらしく、ベッドから飛び起きた。

「おはよ、ねぇさま」

「っ！　おはようフィーちゃん！」

ぎゅっと、強く抱きしめられた。ようやく、いつものナディお姉さんとの日常に戻った気がする。

（あぁ……幸せ）

私が幸福感に浸《ひた》っていると、ナディお姉さんは私を離して、勢いよく立ち上がる。

「起きなさい、エリー！」

「ふぁっ⁉　お、おはようございますナディさ……うわぁぁフィリスさまが！　えぇぇ⁉」

ナディお姉さんに叩き起こされたエリーが、起きるなり私を発見して大騒ぎしてる。

バタバタと、あっちに行ったりこっちに行ったり……騒がしくて面白い。

「ふ、ふふ……落ち着きなさいな」

起こしたナディお姉さんも、笑いをこらえきれていないみたい。

「……朝から賑《にぎ》やかだな」

コンコン、というノックのあとにガルが部屋に入ってきた。魔力の温存のためか、今は半分変身した人化獣《ワービースト》の姿をしてるみたい。

「ガル！　おはよ！」

「うむ」

「こっちも、夢じゃなかったのね……」

ナディお姉さんが、私の頬を揉《も》んで呟いている。これも久しぶり。でも、夢か現実かは自分の類で確かめるものじゃないかな？　エリーも、ナディお姉さんと同じく呆然としている。

「聖獣さま……本物です……」

「ガルでよい、と言ったであろうに」

ガルは昨日のうちに、ナディお姉さんとエリーにもガル呼びと砕《くだ》けた口調を許可……というかお願いしていた。敬語で話されるのが苦手らしい。

みんなが落ち着いたのを見計らって、ガルが口を開いた。

「先程、教会の使いが来たぞ。準備が整ったそうだ」

「そういえば……フィーちゃんの『選定の儀』があるのよね」

「うむ」

ナディお姉さんの問いに、ガルが頷いた。

もうそんな時間？　すっかり熟睡していたみたいだね。

というか……ガルはいつの間に起きて、連絡を受けたんだろう。行動が早すぎる。

「支度《したく》が整ったら呼べ。我がおっては、お主《ぬし》らの着替えができぬだろう」

「あら、お気遣いありがとう」

ナディお姉さんがお礼を言う。ガルは持っていた私の服を置いて、部屋を出ていった。

あまり待たせちゃいけない……ということで、私たちは急いで支度《したく》する。

……その途中で、ナディお姉さんたちが家出をしてきたという、衝撃の内容の話を聞いた。

ナディお姉さんの髪が短くなっていたのは気付いていたけど、まさかゲランテへの仕返しのために切ってたなんて思わなかった。

でも混乱しすぎて、何を言われたかほとんど覚えてないから、あとでじっくりと聞こう。

……昨日のナディお姉さんたちも、こんな気持ちだったのかな。

さて、イオリアさんにもらった香油もつけたし、ガルが用意した新品の服にも着替えた。

一応、『選定の儀』は式典だから、たとえ平民でもおめかししていくのが普通なんだって。

私たちは各々《おのおの》支度《したく》を終え、ガルに声をかける。

「ガルー、終わったわよー」

「よし、では行くか」

「うん」

といっても……教会は近いから、すぐ着いた。

入り口に着いたところで、一昨日《おととい》も視た反応の教会の人が出てくる。

「お待ちしておりました。札を確認させていただきます……はい、確かに」

私が首にかけていた木札を女性に渡して、いよいよ中へ……って思ったら、ガルに地面に下ろされた。

どういうこと？　ガルは一緒に行かないの？

「ここからは、儀式を受ける者しか入ることができぬ。我らはここで待つゆえ、行ってこい」

「え……」

それならそうと、早く言ってくれたらよかったのに。気持ちの準備ができてなかったから、すごく驚いたよ。

「大丈夫よ、フィーちゃん。怖くないからね」

ナディお姉さんが私の額《ひたい》に軽くキスをして、頭を撫でてくれた。

（初めて、手助けなしで歩く……）

ここからは一人で行かなくちゃいけないそうで、足元が見えない不安を【空間把握】で誤魔化《ごまか》してゆっくり進む。

何度か躓《つまず》きながらも、教会の人に導かれるまま進んだ先にあったのは、私が感知できる範囲ギリギリの、巨大な部屋。

（白い光……でっかい魔道具がある？）

そこには、とんでもない存在感のある大きな塊《かたまり》が、ど真ん中に鎮座《ちんざ》していた。すごい大きさだけど、溢《あふ》れる光は柔らかくて、私を包み込んでるみたい。

その魔道具の近くまで行くと、そこにあった椅子に座るようにと、女性に指示された。

私が座ると、連れてきてくれた女性がパン、と手を打つ。

「さぁ改めて、『選定の儀』をご希望とのことで。軽く説明させていただきますね」

「はい」

「『選定の儀』は、神に《ギフト》をいただくという神聖な儀式です。この神核《ルイン》というものを用《もち》いるのですが、これは神の力が宿る、素晴らしい神器なのですよ」

……なんだか怪しい団体に勧誘されてるみたいに感じる。

この世界では普通なのかもしれないけど、前世の記憶がある私には馴染みがないからね。

よくわからないけど、この巨大な魔道具が神核《ルイン》というもので、すごいものだというのは伝わってきた。

そんなことを考える私をよそに、教会の人は説明を続ける。

「儀式が始まると、あなたの意識は一瞬途切れます」

「え？」

「その際、あなたには神の声が聞こえるはずです。そうなれば、無事《ギフト》をいただけたということです……まぁ、聞こえなかったという事例はないので、大丈夫でしょう」

……なんか、結構ざっくりした感じなんだね。

でも怖いなぁ……意識が途切れるなんて、本当に大丈夫なんだよね？

まぁでも、今さらやめてくださいとも言えないし、大丈夫って言うならそれを信じるしかない。

「では、あなたに神の祝福があらんことを」

一通り説明を終えた女性がそう言うと、魔道具《ルイン》の輝きが一気に強くなった。

視界全てが真っ白になって、祝詞《のりと》を紡ぐ女性の声が遠くなる。

(何も聞こえない……)

何もない真っ白な空間を漂《ただよ》っているみたいな、不思議な感覚。

いつまでこれが続くんだろうと思ったそのとき、キィン……という耳鳴りのような音が聞こえた。

『──運命に導かれし子よ。汝《なんじ》に祝福を与えましょう』

『──光を求める幼き子よ。汝《なんじ》の闇を払いましょう』

(!?　この声は……!?)

高いような、低いような、男性のような、女性のような……そんな不思議な声が、直接頭に響くように聞こえてきた。

しかも、不思議な声の主《ぬし》が二人、交互にしゃべってるみたい。

『――《神気《しんき》》を授《さず》けましょう』

『――《祝福《しゅくふく》の虹眼《こうがん》》を授《さず》けましょう』

（？　何この感覚……）

一瞬、体が重くなったような気がした。

というか今、二種類の何かを授《さず》けるって言われたんだけど、不思議な感覚に気を取られて聞き逃《のが》した。

……と思ったら、真っ白だった空間がぐんぐん暗くなっていく。

そして、グンッ！　と体を思いっきり下に引っ張られるような感覚があって、私の意識は急に薄れていった。

『『――汝《なんじ》に幸あれ。我らが愛《いと》しの子』』

その声を最後に、私の意識はバツン！　と途切れた。

……それから、どのくらいの時間が経ったんだろう。

私の意識は、カタン……という控えめな音で覚醒《かくせい》した。

（人の話し声が聞こえる……）

ぼんやりとしていた頭が徐々にハッキリとしてきて、遠くで人が話している声も聞こえてきた。

私はどこかのベッドに寝かされているらしく、背中に柔らかい感触がある。

まだ寝ていたいけど、起きなきゃ……と思いつつ、体を起こそうとした瞬間。

「っ⁉」

カッ！　と、視界が一瞬で強い光に侵《おか》された。

（眩《まぶ》しい⁉）

慌《あわ》てて目を閉じてベッドに蹲《うずくま》って、そこでおかしなことに気が付く。

（……ん？　まぶしい？）

……私には、瞼《まぶた》を閉じるっていう感覚はなかったはず。ついでに言えば、今までどんな強い光を視ても、こんなに眩《まぶ》しいとは感じなかった。

（目を閉じても、真っ暗じゃない……これは、まさか）

うっすらと赤いような、黒いような。これは、前世で知っていた、明るいところで目を閉じたときの視界。しかも今まで全くなかった目の痛みすら感じて、涙が溢《あふ》れる。

「フィーちゃん！　目が覚めたのね！　……って、どうしたの⁉」

ナディお姉さんの声がすぐ近くで聞こえて、体を揺さぶられた。

私は顔をベッドに伏せたまま、少しずつ、少しずつ目を開ける。

(間違いない……私は今、目が見える)

刺すような痛みに耐えて、徐々に明るさに目を慣らして……ちょっとずつ顔を上げる。

「ぁ……」

「フィー、ちゃん？」

完全に顔を上げたとき目の前にあったのは、心配そうな表情を浮かべた、とてもきれいな若い女性の顔。

青みがかった銀色の短髪に、サファイアのような瞳……そしてこの声。

(こんなに、美人さんだったんだ……)

私《フィリス》が生まれて初めて見た、大好きなナディお姉さんの顔は、とても美しかった。

「みえる……ねぇさまが、みえる……」

まだ遠くはよく見えず、全体的に少しぼやけている。でも間違いなく、見える。

私の言葉に、ナディお姉さんが目を見開いて、とても驚いたような表情を浮かべた。

……相手の表情がわかることが、こんなにも嬉しいことだったなんて、思わなかった。

「視覚に作用する《ギフト》……!? ああ、神様。感謝いたします……!」

ナディお姉さんが、私をぎゅっと抱き寄せた。

ぽろぽろと大粒《おおつぶ》の涙を流して、感謝と喜びの言葉を呟いている。

「待っていて! ガルたちも呼んでくるわ!」

「う、うん」

ドドドドド……と、すごい速度でナディお姉さんが駆けていった。

途中で何かにぶつかったのか、ガラスが割れるみたいな音が聞こえてくる。

(気を付けてね)

嬉しい気持ちはわかるけど、焦《あせ》っちゃだめだよ。

……さて、ナディお姉さんたちが戻ってくるまでに、この目に慣れておかないとね。

(生まれ変わったみたい。……んんっ、見えるって素晴らしい!)

白い天井《てんじょう》、木の壁、変な模様《もよう》の置物……文字通り、生まれて初めて見た景色。

今までは絶対に見ることができなかった、様々なものの色。

壁のシミも、床の小さなヒビも、何もかもが新鮮に映る。

ふと視線を下に動かせば、そこにはぷにっとした小さな手が。

(動く……って、これ私の手か)

そういえば私、五歳の幼女だった。こんなにも小さな手だったんだね。

(あ、鏡……)

ぐるりと辺《あた》りを見回したら、壁に大きな鏡がかかっているのを見つけた。

ずっと気になっていた、自分の顔を見るチャンス……ということで、ベッドを抜け出して鏡の前へ。

(高い……全然見えない)

ところが、鏡の位置が思ったよりも高くて覗《のぞ》けない。踏み台になりそうなものはないかと思って探してみると、ベッド脇《わき》にスツールみたいなものを発見した。

「おもっ！　んしょ、んしょ……」

五歳児には重すぎるスツールを、なんとか鏡の下まで移動させる。

それに乗ると、ちょうどよく鏡を覗《のぞ》くことができた。

するとそこには、ちょっと癖のある白銀の髪を揺らす、とんでもない美幼女がいた。

(……これ私!?　え、待ってすごく可愛い！)

窓から差し込む光が当たると、キラキラと虹色に光を反射する大きなエメラルドの目。

透き通るような白い肌。

絵画《かいが》から飛び出してきたのかと思うレベルの可愛さ。

（これが私《フィリス》……恐るべし）

……ナディお姉さんが方々《ほうぼう》で自慢しまくっていたのも、ガルが私の顔を隠そうとしていたのも、今なら全部納得できる。

自分の顔だけど、あまりにも可愛すぎて、慣れるまで時間がかかりそう。

しばらく鏡に向かって微笑んだり、意味もなく踊ってみたりしていると、急に廊下が騒がしくなった。

（ん？　足音がたくさん……）

ナディお姉さんの声もする。そしてすぐに扉が開いて、人が転がり込んできた。

「フィリスさま！」

「エリー？」

私に体当たりをする勢いで入ってきたのは、茶色のちょっとはねた髪と青い目の、明るそうな雰囲気の女の子。聞き慣れた声からも、エリーだとわかる。

「本当に、見えてるんですね……！」

エリーは今にも泣きそうな表情を浮かべて、私に抱きついた。よく抱きつかれる日だなぁ。

「フィリス」

そしてもう一人。

大柄《おおがら》なおじさんというか、硬派な雰囲気のイケメンがエリーに続いて入ってきた。

「……ガル？」

人型のガルは、私が想像していたよりも、もっとずっとカッコよかった。黒灰色《こくかいしょく》の髪と金色の目がきれい。

ガルは、何も言わずに私の頭を撫でた。

「しかしその目……輝き方が独特だな。どのような《ギフト》なのだ？」

それは私も知らない……目が見えるようになるだけじゃない気はするけど、確かめ方がわからないからね。そう思っていると、ナディお姉さんが代わりに説明してくれる。

「フィーちゃんが途中で倒れてしまったから、まだ誰も確かめていないのよ。今から確かめて、公表するかどうか決めるわ」

「ふむ、それがよかろうな」

途中で意識を失うとは聞いていたけど、ナディお姉さんいわく、私は意識が戻らずに倒れてしまったんだって。

ここは教会に併設された、治療院というところの一室だそうで、倒れてすぐに運び込まれたらしい。

能力を獲得したときのショックに耐え切れなかったのが原因だそうだけど、《ギフト》自体はちゃんともらえているっぽい。教会に公表するか隠匿《いんとく》するかはみんな選べるらしく、私の場合は見てから判断することにしたみたい。

「じゃあ、さっそく見ていきましょう！」

そう言ってナディお姉さんが取り出したのは、複雑な模様《もよう》が描かれた大きな板。

そこに手を置くように指示されて、私は真ん中にある丸い模様《もよう》部分に手を置いた。

すると、ブォン……という音とともに、ホログラムのような画面が空中に浮かび上がる。

《○@＊》

《#$%&※》

(よ、読めない……)

画面には記号のようなものが書いてあるけど、私には全く読めない。でもまぁ、それも当然だよね。私は、この世界の文字を見たことがないんだから、読めるはずがない。

「な……」

「フィ、フィリスさま……」

ナディお姉さんとエリーは、もちろん文字を読めるんだけど……なぜか二人とも、画面を食い入るように見て絶句してる。

「やはりな」

ガルは予想通りだったのか、うんうんと頷いていた。

「ナディ、エリー。フィリスの《ギフト》については、他言無用《たごんむよう》だ」

「そうね……」

「わ、わかりました」

ガルが、真剣な声でナディお姉さんとエリーに釘を刺した。二人も、深く頷く。

え、なに？　そんなにヤバい《ギフト》なの？

なんとなく、二つあるのはわかってる。でも、ナディお姉さんの《ギフト》も二つあるから隠すようなことじゃないと思うんだけど。

「あ、そっか。フィーちゃんは文字を読めないのよね。私が読んであげるわね」

私が疑問符を浮かべていることに気が付いたのか、ナディお姉さんがそう言ってくれる。

（さぁ、どんな能力かな？）

《神気》

……周囲にいる、神の祝福《しゅくふく》を受けた者の能力を強化する。対象指定可能。

聖なる力の影響を受け、邪《じゃ》を跳ね除ける。

《祝福の虹眼》

……個人技能。生物の感情、言葉の虚偽《きょぎ》を視抜《みぬ》くことができる。

一度視た自身と同じ属性の魔法を解析し、自身の魔法として複製、使用が可能になる。

副作用として、瞳が虹色になる。

「……」

聞き終えて、私は言葉をなくした。

ガルが他言無用《たごんむよう》って言った理由がよーくわかった。

ちょっと聞いただけでも、面倒事の気配しかしないんだもん。

感情やうそが視えるってことに関しては、今までとあまり変わらないから、別にいい。

（ヤバいのは、『魔法の解析』……）

実質、私は誰かの風属性の魔法を視ただけで、同じ魔法が使えるようになるってこと。

……うん、明らかに普通の能力じゃない。

「フィーちゃん、これ、誰かに言っちゃだめよ？　約束できる？」

「うん、する」

「よろしい。……絶対よ？」

むにむにと頬をもんで念押しするナディお姉さんに、私は何度も頷いた。

死ぬまで秘密にしよう。どうしようもないとき以外は、なるべく使っていることも隠そう。

やっと幸せを掴んだんだから、これ以上のトラブルの種は勘弁してほしい。

すると、私をじっと見ていたガルが、何かに気が付いたように口を開いた。

「うむ。お主《ぬし》の魔物を引き寄せる体質は、この《神気》なる力が改善しておるようだな」

「そうなの？」

「お主《ぬし》の魔力が、我ら聖獣に近いモノへと変化しておる。魔物が嫌う魔力ゆえ、狙われることはなくなるだろう」

それは嬉しいかも。ただ歩いてるだけで寄ってきていた魔物がいなくなるならありがたいし。

……聖獣っぽい魔力って部分は聞かなかったことにしよう。

ガルの言葉を聞いて、ナディお姉さんは頭を抱《かか》えた。

「これは公表できないわねぇ」

「いらぬ注目を浴びるだろうな。知らぬ存ぜぬで通すほかあるまい」

「そうね」

ガルとナディお姉さんが深いため息をついた。

私の能力については絶対秘密。教会になんと言われようと、絶対に公表はしない……ということに決まったらしい。

そのあと、《ギフト》の公表を勧《すす》めてくる教会関係者を華麗に躱《かわ》して、私たちは外に出た。

(青い空……白い雲……)

普通の景色なのに、なぜかものすごく感動する。

レンガ造りの建物が並ぶ街並みも、道行く人たちも……全部がキラキラして見える。

馬がいないのに走る箱……魔法馬車とかも、とにかく見るもの全てが面白い。

生まれて初めての景色に私が興奮していたら、みんなは少し寄り道をしてから宿に戻ってくれた。

「我はフィリスの生涯を見守ろう……やはり放ってはおけぬ」

「あら、告白？　格好いいわよ」

「なぜそうなる」

ナディお姉さんがからかってるけど、ガルは嫌な気分ではないらしい。

私と目が合ったナディお姉さんは、にっこりと微笑んだ。

「素敵な騎士《ナイト》ね、フィーちゃん」

「うん！」

ナディお姉さんが私の頭を撫でる。ガルがずっと一緒にいてくれるならすごく心強い。

ガルと、ナディお姉さんと、エリー……そして私。

私が求めていた幸せはここにある。

「……手のかかる友が増えたな。だからこそ面白くもあるが」

ガルがやれやれと首を横に振って、それから優しい笑みを浮かべた。

「楽しくなりそうね！　わくわくしてきたわ。……それに、おバカさんたちにまだ、フィーちゃんにしたことへの罪を償《つぐな》ってもらってないもの」

「なんでそんな楽観的なんですかぁ……あぁ、おなか痛い」

ナディお姉さんが意味もなくシャドーボクシングをする横で、エリーがおなかを押さえている。

私たちといるのが嫌だってわけじゃなさそうだけど、これからのことを想像して緊張してるみたい。

そしていよいよ、新しい出発のとき。

「準備はよいか？」

「うん！」

「ええ」

「はい！」

ガルの問いかけに、私、ナディお姉さん、エリーが一斉《いっせい》に頷いた。

さぁ、行こう。どこに行くかも決めていないけど、楽しければなんでもいい。

みんなと一緒にいられることが私の幸せ。

まずは何をしようかな？

書き下ろし番外編

炎狐の祈り

いつもは宿泊客のいないあたしの……炎狐イオリアの宿に、昨日から珍しいお客さんが泊まっている。

旧友で聖獣の風狼リルガルム……ガルと、彼が連れてきた不思議な少女フィリス。

なんでも、事件に巻き込まれてお姉さんとはぐれてしまったフィリスを、ガルが送り届けると約束したんだとか。

ここに滞在しているのは、その道中で休息をとるためらしい。

(ま、それだけじゃないのはわかってるけどね)

……ガルは、フィリスに多くを教えていない。

だけど、彼の態度や行動からは感情がダダ漏れで、あたしみたいな友人にはバレバレだと思う。

偶然を装《よそお》ったガルの一番の目的は、あたししか作れない魔道具だった。

もしかしたら、彼では治せなかったフィリスの傷の治療も、最初からあたしに丸投げするつもりだったのかも。

女の子の扱いは超がつくほどなってないのに、心配だけは人一倍するんだから。

昔から、そういうところは全然変わってないね。


ガルの依頼で作ったフィリスのお姉さんを捜《さが》すための魔道具は、効果が不安定ですぐには使えなかった。

フィリスは近くにいると気になってしまうらしく、ガルと一緒に気分転換に出かけている。

人に変身すると大男になるガルと、小さなフィリス。

二人がお買い物をしているところを想像すると、アンバランスだけどお似合いでちょっと面白い。

「――戻ったぞ」

（お？　もうそんなに経ってた？）

なんて考えていたら、二人が帰ってきた。

ガルはフィリスをソファーに座らせると、素早くあたしに近づいて持っていたものを渡してくる。

「……このリボンに、我とフィリスの魔力を同調させる効果をつけてくれ」

そっと耳元で囁《ささや》いた彼が持っていたのは、細いリボンと自分の毛。

何をしたいのかはわかったけど、わざわざフィリスに隠すこと？

（まったく……不器用だなー、狼頭め。ふふ）

サプライズのつもりか、恥ずかしがっているだけなのか。多分後者だろうけど、怒られそうだから言わないでおこう。

とにかく、この素材と工程なら……うん、そんなに難しくない。

「夕方までには仕上げるよー」

フィリスに夕食をとらせて休ませている間に、魔道具の制作に入る。

ガルはずっとソワソワしていたけど、待ちきれなかったのか出かけていった。

（ははーん……今度は服でも買いに行ったかな？）

自分が選んだ服のセンスを褒《ほ》められて、若干自信がついたらしい。

これから長旅をするフィリスに、替えの服がないとダメだって気付いたんだ。

あたしに言われる前なのはえらいけど、相変わらず不器用だね。

「よし、できた！」

考え事をしていても、手慣れた作業はサクサク進む。リボンの加工はこれでいいかな。

ついでに余ったガルの毛を使って、聖獣の魔力を宿した香油も作っていく。

まぁ効果は気休めみたいなものだけど、爽《さわ》やかな甘い香りでフィリスに似合うと思う。

「あ、そーだ。試してもらおっか」

ガルが帰ってきたら……とも思ったけど、まぁいいか。

フィリスを椅子に座らせて、髪を梳《す》いていく。初めて見たときから気になっていたけど、やっぱりとても傷んでしまっていた。これはもったいない。

せっかくのきれいな銀髪だし、女の子なんだから。

ガルがわからないところでも、あたしが全力で可愛くしてあげる。あとでガルには、フィリスの身だしなみの整え方をみっちり仕込むよ。

「どう？　気に入ってくれた？」

「はいっ」

フィリスはとっても満足してくれたみたいで、パッと満面の笑みを浮かべた。

こんなに喜んでくれたなら、作った甲斐《かい》があるってモノだよ。

寝るときは外しちゃうかもだけど、リボンの試着もしてもらおうっと。

そうこうしているうちに、ガルが帰ってきた。

……視線を逸《そ》らしながらフィリスを褒《ほ》めるガルに、なんだか意外な一面を見た気がした。

それはそうと、彼は予想通りフィリスの服を買っていたので回収する。

ガルに確認する意味も込めて、軽くリボンの説明もしたけど……フィリスもなんとなく理解しているような気がする。

この子、実はめっちゃ頭いいのかな。将来が楽しみだ。

（あたしはついていけないけど……あなたのことはしっかり見ているよ、フィリス）

フィリスとガルを寝室に押し込んで、あたしは作業場に向かう。

明日の朝には魔道具も安定するだろうし、そうしたら二人とはお別れ。

それまでに、あたしにできることはやっておかなくちゃ。

「よっし、やりますかー」

（変身！）

体から漏れる聖獣の魔力が、薄暗い部屋を明るく照らす。

フィリスは目が見えないから知らないだろうけど、聖獣って実はうっすら光ってるんだよね……目立つ。

ガルみたいに気流で誤魔化《ごまか》せたらいいんだけど、あたしは無理だ。まぁ変身してられる時間も短いし、そもそも人前では絶対にこの姿は見せないけどね。

「〜♪」

変身が解ける前に抜いたあたしの尻尾の毛を、錬金術《れんきんじゅつ》で糸に加工する。

その糸を使って、服をフィリスのサイズに合うように直していく。

表からは見えないところには、刺繍《ししゅう》もこしらえる。

(あたしからの……炎狐イオリアからの贈り物！)

炎狐の毛は、熱と炎《ほのお》にとても強い。

服に少しでも使えば、それだけで燃えない服になってくれる。

さらに刺繍《ししゅう》で耐熱のおまじないを編んで、その効果を何倍にも大きくすることができる。

「フィリスには、安全であってほしいもんね」

これでフィリスは、熱に関わる災難に強くなる。

めったなことで火傷《やけど》もしないし、強い日差しに当てられて気分が悪くなることもない。

……人からすると、この刺繍《ししゅう》のおまじないは値が付けられないほどの価値があるらしい。

だからこれは、フィリスにも教えない。

ガルは気付くだろうけど、彼も聖獣由来のモノの価値を知っているから、秘密にしといてくれるはず。

（……ふふっ。あたしにも、近くで守らせてね）

フィリスの心に炎《ほのお》がある限り、諦めない限り道は繋がってる。

フィリスがお姉さんと、無事に再会できますように。

深緑の谷のお宿から、人生最大の祈りを込めて。

新感覚ファンタジー

RB レジーナ文庫

逆行転生した悪役令嬢vs執着王子

断罪された悪役令嬢は
頑張るよりも
逃げ出したい

東原ミヤコ　イラスト：薔薇缶

定価：704円（10%税込）

王子レイスにベタ惚れするあまり、彼に近づく聖女ユリアを害そうとした罪で処刑されたアリシア。しかしそれは前世の話。アリシアは『前回』の記憶を持ったまま、同じ人生を繰り返しているのだ。今度こそ処刑なんてされず、安寧を手にしたい！　そのために王子も聖女もいない場所へ逃げ出した……

詳しくは公式サイトにてご確認ください

https://www.regina-books.com/

携帯サイトはこちらから！

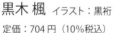

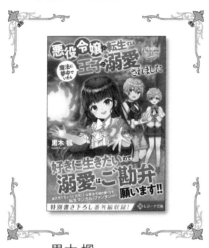

新感覚ファンタジー
RB レジーナ文庫

聖女のざまあストーリー！

レジーナブックス Regina

「聖女など不要」と言われて怒った聖女が一週間祈ることをやめた結果→ 1

八緒あいら　イラスト：茲助

定価：704円（10%税込）

国を守護する力を宿した聖女のルイーゼは、毎日祈りを捧げることで魔物に力を与える『魔窟』を封印している。けれど長らく平和が続いたことで、巷には聖女など不要という空気が蔓延していた。そんなある日、ルイーゼは王子のニックに呼び出され「聖女やめていいよ」と言い渡されてしまい——

詳しくは公式サイトにてご確認ください

https://www.regina-books.com/

携帯サイトはこちらから！

本書は、2021年3月当社より単行本として刊行されたものに書き下ろしを加えて文庫化したものです。


この作品に対する皆様のご意見・ご感想をお待ちしております。

おハガキ・お手紙は以下の宛先にお送りください。

【宛先】

〒150-6008 東京都渋谷区恵比寿4-20-3 恵比寿ｶﾞｰﾃﾞﾝﾌﾟﾚｲｽﾀﾜｰ 8F
（株）アルファポリス　書籍感想係

メールフォームでのご意見・ご感想は右のＱＲコードから、
あるいは以下のワードで検索をかけてください。

アルファポリス　書籍の感想　検索

ご感想はこちらから

レジーナ文庫

転生先《てんせいさき》は盲目幼女《もうもくようじょ》でした1
～前世《ぜんせ》の記憶《きおく》と魔法《まほう》を頼《たよ》りに生《い》き延《の》びます～

丹辺《にべ》るん

2023年10月20日初版発行

文庫編集－斧木悠子・森 順子
編集長－倉持真理
発行者－梶本雄介
発行所－株式会社アルファポリス
〒150-6008 東京都渋谷区恵比寿4-20-3 恵比寿ｶﾞｰﾃﾞﾝﾌﾟﾚｲｽﾀﾜｰ8階
TEL 03-6277-1601（営業）　03-6277-1602（編集）
URL https://www.alphapolis.co.jp/
発売元－株式会社星雲社（共同出版社・流通責任出版社）
〒112-0005 東京都文京区水道1-3-30
TEL 03-3868-3275
装丁・本文イラスト－Matsuki
装丁デザイン－AFTERGLOW
（レーベルフォーマットデザイン－ansyyqdesign）
印刷－中央精版印刷株式会社

価格はカバーに表示されてあります。

落丁乱丁の場合はアルファポリスまでご連絡ください。

送料は小社負担でお取り替えします。


ISBN978-4-434-32786-5 C0193